# 餘生是你 晚點沒關係

黃山料

suncolor
三采文化

人一輩子有些必走的路
此生，總有人教你認識什麼是愛
也有人讓你痛恨無比
有人令你愛恨難分
有人教你懂得奮鬥的意義
有人成了你的避風港
經歷種種羈絆
生命才有了重量
締造了生命的意義
而你，才死而無憾

——黃山料

# 目錄

第二章

## 我也曾穿越人海 只為與你相擁。

第三章

**……可是生命裡，多的是擦肩而過。**

# 序　章

我已經獨自走了
好長的路。

有時候，單身並無欲無求的人
才是最幸福的
因為不必花力氣去取悅誰
不必承擔誰的情緒
生活的重心就是自己
所有的愛都完整給了自己

青春時，我天真以為再繞幾個彎，再跌倒幾次，讓我長成一個自我完整、愛自己的人，練習足夠了，我會怦然心動於某位與我心意相同之人，我們同等成熟、同等誠意，我們攜手到老。

我告訴自己「可以期待遇見對的人，但必須確保自己處於合理的期待」。意思是我從不期待誰拯救我，不期盼被誰照顧、被養、被呵護。我要我自己準備好——獨立的經濟、穩定的生活、正被實踐的理想、堅定的心意，且配上一位與我「價值相當」的對象。

但這些完美的設想，在三十歲以後一一被打破。

三十歲以後仍然單身，最大的好處，是我想怎樣就怎樣，不必配合誰，只需專注在「我想」與「我不想」，這才是真正的自由吧？

**再也不必取悅一個踮起腳尖也搆不著的對象，**

**也不必拚命追趕一個猜不透的對象。**

**沒有行蹤成謎，沒有那麼多的空白格得靠自己腦補，**

**更不必把生活快樂與否，寄託在另一個人身上。**

再不必承擔「感情的風險」。人心隨時在改變，任何人到了三十歲都早已明白，任何看似再穩定的感情，都是有受傷風險的啊。

其實三十歲對於愛情的心態，是我已做好一個人獨自過完一生的準備，這是自己唯一能掌控的。不再向外期待，因為透過他人而獲得的幸福，透過人際關係而昇華出的幸福感，那是稍縱即逝的，都是煙火，你能看它一眼、享受當下，但你深知，怦然不能當飯吃。回歸獨處的日常、投資自己、跟自己好好相處，才是真諦，才是真正與你一輩子的事情。

天剛亮。

清晨曙光，穿透寬敞的落地窗，映照在房間的獎盃獎狀。各式得獎表揚，文學獎、導演獎，寫著我的名字「劉珊」，那是自二十歲開始工作後，這十多年來的拚命，日子不算白活的證明。

床上的我緩緩睜開眼，表情平靜的拉伸了肢體，看了一眼手機，時間五點二十分。坐起，下床，梳順肩上睡亂的短髮，脫下睡衣，那是穿了五年的破 T-shirt，扔向已成堆的髒衣籃。年過三十，回歸單身後，工作是我生活的一切。鏡子裡三十多歲的素顏，難免有燙不平的皺褶，但若笑起來，尚可精神煥發。五點三十分，按下比我晚醒的鬧鈴。

早餐。配經濟日報、鉅亨網、財訊頻道，一個小時細嚼慢嚥，瀏覽財經消息。年紀越大，越信仰錢這種算清楚就沒問題的東西，它不像感情會背叛你、會猜不透；只要你去理它，它就會理你。每年的股息剛好包辦了我能享受一整年足夠精緻的一日三餐。

今天是我住在這戶六坪小屋子的最後一日。存夠了頭款，繳得起房貸，為自己買下台北市中心的蛋黃區住宅。不為誰而買，只為自己。三十多歲的單身，沒有伴侶或小孩的負擔，錢全花在自己身上，毫無懸念。

我將所有家當逐一裝箱，一個人搬家並非難事，活到某個年紀，人終將參透「孤獨是必然之常態」。天若冷，節慶到了，一個人坐在四人座吃火鍋；病了，獨自進醫院。

習慣孤獨、習慣持續成長，便是大人。

沒修完的劇本、改一半的分鏡表在桌上雜亂無章。地上是已裝箱的行囊，室內空蕩蕩，八歲的貓咪小斑喵喵喵的躺在地上，我索性也躺，這是最後一天，我想安靜的，慢慢和舊家說再見。

仰躺地上的視角，真不一樣，原來這是貓咪的視野。好安靜，空蕩蕩的房間，只剩下貓咪呼嚕聲。轉頭一看，見衣櫃下方的空隙中，有一件衣物，後面有本書。伸手搆不著，拿衣架將它搆了出來，是件遺失多年的短上衣，我記得它。再搆，搆出來的，是筆記本。

我嗤之以鼻的哼笑了一聲，再羞怯的揚起嘴角，我鬼鬼祟祟環顧四周，小心翼翼，確定無人。當然無人，單身者的房間，會有誰？不過是筆記本裡所記載的過去，讓我直覺反應——我要很小心。

我記得這是什麼。

**黑色日記本，記載那些當下美好，卻在後來，得用力忘記的事。**

**翻開第一頁，黏著一張被剪貼過的「義美小泡芙包裝紙」，**

**下方一張前往台北的火車票根，票根日期十五年前。**

**時間得回溯到那年，我們的青春歲月。**

**只能說，每個堅強獨立到不可思議的人，**
**背後都有一段傷他太深的過去。**

如果命運安排我能心安的，窩在誰的懷抱，
誰又想風雨中飄搖，獨自扛下一切風霜呢？

人世間的最心痛，除了生離死別以外，
便是你先與我建立信任，我們有了羈絆，
你將我的心高高舉起，再輕輕鬆手，
頭也不回的，使其跌落深淵，重摔成傷。
而你卻輕飄飄的走了，
徒留傷痕累累的我，獨自原地療傷。

……

故事還長，關於那些幸福與悲傷，請容我從頭說起。

# 第一章

只有你　曾陪我在
最初的地方。

那一年，與你有了一個夏天，竟能一生眷戀；
那些年，我們走過千錘百鍊，以為就是永遠。

列車的氣閘門闔上，人潮洶湧，自強號列車即將加速，人聲鼎沸中我醒過來，模糊的視線逐漸清晰，見你揹著黑色後背包，尋找著座位，洶湧人潮裡，我一眼就看見了你，而對你產生一點好奇。

呼嘯聲中，相迎而來的兩輛列車擦肩，台北的每一天，有那麼多人擦肩而過，錯過彼此；列車上幾百名乘客，彼此靜默，互不相識。

而人海裡的你注意到了我的視線，你望向我的雙眼，我並未移開視線，是太沉迷而忘了移開。

世上美好的人事物，都值得我印在腦海裡，

是的，你值得。

我沉浸在你冰冷而孤傲的視線裡，你眼神的冷漠訴說著一種看三小的不屑，你撇開了視線，我卻仍想望穿你的世界。

不幸的是，座位右側一位大叔，腋下的氣味越線，爬滿我的座位，而中斷了我欣賞你的心情，我被氣味逼迫而全身緊貼車窗，已無路可退。列車折疊餐桌上，稍早向乘務員買的義美香草小泡芙也變得難以下嚥，我將它收了起來。

氣味特殊的大叔突然碰觸我肩膀，撫摸的手勢，像是刻意停留許久，我全身發麻，不敢動彈，他開口向我要了聯絡方式。我怕驚擾乘客而小聲拒絕，並警示他，座位很小，請尊重我的使用空間，肢體不准跨越座椅扶手。

而全程冷眼旁觀的你，仍站在走道上。

幸運的是，你嚴肅的口吻說了一句不好意思。「不好意思，這是我的座位。」原來這是你說話的聲調。揚起嘴角的我，頭上不自覺，愛心，愛心，愛心。等等？你說：「你的座位」？

就說了，是幸運的事。

你的車票，是對號座，正巧在我右手邊。

距離太近，我低頭不語，拿起筆記本與手機，故作鎮定，想完成稍早未寫完的文章。卻不禁開始打量你深藍色的 All Star 高筒帆布鞋，和置於雙腿間的黑色後背包。

你取出一疊疊磨損破爛的紙張，全是英文句子。再來一本厚重的英文書，列車折疊桌快要凹陷，快要支撐不住你嚮往的知識含量。

耳機裡輪播到蔡健雅昨天剛發行的單曲《紅色高跟鞋》。我將耳機音量轉小，讓我能聽見你的清嗓、你的翻頁、你身體挪動時的聲響。

更重要的是，也許你會開口向我搭話。

Nokia掀蓋式手機與我同款，你紅，我黑，也許這會是我們話題的起點？吊飾出自於《楓之谷》[1]，你是冰雷法師。你拆開原先收納整齊的耳機線，插進手機音訊孔，放進耳朵，耳朵上是雷鬼頭和玉米鬚，我的眼睛拚命下載你身上每一處細節。

想靜下來，繼續完成筆記本裡寫到一半的散文短篇，卻無法抵抗的心慌起來。呵氣在玻璃上面，畫了一顆心型的圈，看霧漸漸不見。等啊等啊，我該怎麼開口？哪裡才是起點？

列車疾速，一站一站，
駛出都市、掠過郊區、穿越鄉鎮。

你的英文題庫一頁，一頁，再一頁，
鉛筆俐落劃在那本厚重的CFA題庫書。
CFA？一旁的小字寫著特許金融分析師，

我還不知道你的名字，卻先得知了你的夢想。

擁擠的小座位，我的手肘意外碰觸到你的手臂。心花怒放。卻聽見你一聲「嘖」！你快速將手臂移開，鉛筆刻不容緩的衝向下一題，你的筆從未猶豫，眼神沒有飄移，我才明白，原來你一心鍾意的，僅有知識。

同時，我那逐漸平復的心跳，才讓我意識到，稍早的四目相望，不過是你尋找座位時的巧合罷了，那不過是我自作多情。

什麼緣分、命定，才不是。你只不過想趕快坐下來唸書而已。你桌上的紙張越來越多，凌亂到越線，折疊桌不夠你用，你也一句話沒問，讓紙張跨越到屬於我的那張折疊桌。

---

[1] 楓之谷：2005年起，遊戲橘子代理的多人線上角色扮演遊戲。

你投入考題的眼神，格外堅定；你戴的耳機，大聲到讓我能聽見一絲絲雜訊。你根本沒察覺你的資料越線了。沒察覺，什麼都沒察覺，只沉浸在知識的世界。你筆下的數學模型，計算出金融趨勢，卻算不出你左手邊的我，心跳疾速後瞬間冷卻，共花了幾秒。

暫停。我必須冷靜，回頭完成筆下文章，晚上還要上傳到無名小站[2]，那代表著網上幾千名讀者的期盼。想辦法忘了這股會錯意的尷尬，綁起馬尾，拿起手機，音量再轉大，下筆，墨水一筆一畫成為文稿，實踐我想成為作家的夢想。

先是山，後是海，再來工業樓房林立，時間過了許久。烈日漸漸斜曬，一篇文章完稿。回過神來，卻驚見你淡定吃了一口義美香草小泡芙。你為何能如此不要臉的，吃我的泡芙？

我原想鄙視你的惡作劇，這是什麼招？一個陌生人，他狂妄的，當著我的面，未經允許，大搖大擺與我共食我的義美小泡芙!?

稍早先嫌惡的和我保持距離，此刻再大剌剌的向我靠近？
但我，卻不禁洩露了溫柔的表情……
我瞬間意識到，這是一種調戲、一種曖昧，
劇情將神展開的前奏曲……
稍早被撲滅的希望，死灰復燃。

竊喜。下巴不自覺昂起一股自信，
你悶騷的舉動，你在暗示什麼？是在給我機會對吧！

我再次上揚了嘴角，顴骨上的臥蠶不出聲的笑了。
陽光和煦，我想用筆尖輝映那份溫暖。

---

[2] 無名小站，流行於 1999 年到 2013 年的社群網站，推出網路相簿、部落格、留言板等功能。

想好好生活，慢慢相遇
你讀你的書，我追我的劇
總有那一天，我們會膩在一起
讀同一本書，追同一齣劇
對愛，我從來不急

桌上資料紙張層層疊疊，文件亂中有序，在你拾起與放下間，化作你腦中蘊含的聰明才智，那份腦海裡的淵博，在不言不語的你我之間，特別令人著迷。

陽光和煦的午後，樹影穿透車窗，灑落在筆記本，而我提起筆，回應你添加曖昧成分的惡作劇，寫了段文字，出自蔡健雅的詞：

**【你能否讓我，停止這種追逐，就這麼雙最後唯一的，紅色高跟鞋】**。撕下，摺成信。一段沒來由的詞句，足以令你有跡可循，卻同時不知所以。足夠陪你玩吧。還沒遞給你，卻見你再吃了下一顆。

你翻書，你再吃一顆泡芙；我停筆，我也伸手拿起一顆泡芙，雙唇微張，泡芙輕枕在舌頭與唇齒間。你看向我，你的眼神冷酷，一種看不見情緒的表情，一股殺人不眨眼的寒氣，藏在雙眼後的是什麼？我深感好奇。我們第二回合如此直接的視線接觸。我露出眼白假裝不屑，專注咀嚼。

你見泡芙於我口中碎成屑，於是你再拿起一顆泡芙，一口吃下，咬碎脆皮，嚥下。我也不甘示弱，再吃一顆。你更不想輸，又吃一顆。你來我往，這場以泡芙之名的戰爭，實則較勁氣勢，在餅乾體被清脆咬碎的聲響中開戰，我們互不相讓。

毫無對話，用眼神與氣勢說話。你一顆、我一顆，來回將近十顆的較勁以後，我高傲的想，義美小泡芙並非名貴之物，大器的人會勝出，我伸手擺出大方的姿態，你想吃，任你享用吧。

而你卻突然笑了，冷酷的你笑了，安靜的笑，唇紅齒白的那種笑。我大方的姿態，卻突然心生一股羞澀。

**在萬千魅力的笑臉面前，誰又能掩飾真心，矜持住呢？**
**夕陽下，車廂裡，臉上一抹腮紅。**

我將字條遞給你，你看了一眼，俐落的手勢一把帥氣拿下。列車廣播聲響：「下一站，台北。台北，就快到了。」見泡芙仍剩三顆。

而你早已將海量知識壓縮進腦海裡。折疊桌上，剩下無意義的試卷與資料，相對於你飽滿的智囊，那些數學模型，顯得空蕩蕩。你一把將殘餘的知識胡亂塞進書包，收拾完畢。

起身前，你將我寫的信塞進口袋，率性揹起後背包，你板著臉，冷酷的說：「第一次遇到這麼貪吃的，妳喜歡的話，都給妳吃吧！」

你對我說的第一句話，是嫌棄我貪吃？遲鈍一秒後才反應過來，都給我吃？你給我吃？立場是正確的嗎？這才想起，稍早那臭氣沖天的中年男子，早已逼得我把泡芙收進背包裡……而那盒泡芙，此刻正完好如初的躺在我的背包。

羞愧至極。那場我以為的曖昧，是我在對你曖昧，而非你對我！我以為的調情，只有我在調情！是我狂妄，是我囂張拿起陌生人的零嘴恣意大吃。我以為的，那曖昧的惡作劇，不是你，而是我。是我挑起這曖昧的惡作劇，是我在自作多情。天啊！我的心臟，正羞恥無比的驚叫著！漲紅的耳根，一臉的粉紅色，羞於見人。

你該有多錯愕，身旁的陌生人，迷迷糊糊的突然吃起你的泡芙，甚至還是表情猥瑣的吃著，吮指、舔唇，那些我都做了！

我活不下去了。

列車即將到站。遠望你在車廂門口，等候下車。我竟不曉得如何開口解釋，人潮逐漸站起來，擁擠的車廂，人海裡，仍然能看見你高人一等的身材，你是燈塔，你是路標，你是指南。

你也是我最深刻、最難以忘懷、最糗的一次搭訕。

你走遠了。

人海裡，你漸漸走遠。我的臉漸漸褪去粉嫩色，留下比原始更加無神的臉色。我才懂，原來空蕩蕩的從不是你的數學試卷。而是當我意識到「擦肩而過的感覺」……

我沒有開口向你索取聯繫方式，甚至沒來得及向你說上一句話，一切匆匆忙忙、誤打誤撞，誤會與誤會疊加起來，便是錯過。

離開火車站，天色漸暗，幾步路的時間，我有點懊悔，我不想懊悔，如果剛剛再勇敢一點點……是否就有機會？我立刻回頭，再次走回車站，也許可以再次遇見。

**這次，我一定鼓起勇氣。**

路燈亮起，人潮散去，我還是獨自離開了，獨自步行回家。很遺憾吧，生平第一次對人有心撲通撲通的感覺，卻錯過了。

當晚，我將筆記本裡寫的散文發布到無名網誌，標題打了兩字「錯過」：

列車疾駛如此之快，緣分來得如此之倉促，
兩座城市的距離，時間不足以讓我們認識彼此，
千萬分之一的幸運相遇，再親眼見緣分離去。

我們尚且不知對方的名字。

**不過是茫茫人海，翻越千山萬里後相遇，**
**再分別，去面對自己的下一趟千山萬里。**

先完成自己吧
即使途經風霜
漂漂蕩蕩
也要靜候著春日暖陽
愛你的人
也風雨兼程
正在路上

**那是一個愛做夢的年紀。**
**口袋空空，一無所有，卻什麼都有可能；**
**好努力的我們，正奮力向前。**

這一年政黨輪替，馬英九就職，台灣進入另一個時代。也是我們開始茁壯的時代，蓄著鋒芒、蹲在谷底，只盼終有一日飛躍而起，展開我們澎湃之人生。

大學期間，我拚了命的比賽，得了許多獎項，某經紀人看見我得獎的短片作品，便簽下我，聲稱要把我培育成一位知名導演，從那之後，我開始了豐富的工作經歷，廣告片、紀錄片、宣傳短片等。經紀人看我文章不錯，又要我兼編劇。

可是當廣告拍完，領酬勞的時候，經紀公司不但沒有支付編劇費，還扣我一半導演費。說製作費超支，我的拍攝企劃讓公司支付了過多的成本。行政助理遞來的勞務報酬單跟我收到的實際數字不相符，要我簽收。我簽了。

我沒吭聲。收下錢，我想君子報仇七年不晚，七年的經紀約結束後，我將不再沒有話語權了，作品會說話，我在錢上吃虧，在工作機會上占了便宜。這個年紀，還能吃苦的年紀，我缺的是機會，不是錢。我願意辛苦，用時間和勞力換取閱歷。

後來幾年，在低薪和高勞動量的工作環境裡，我闖出了一些口碑，幾位製作人開始指名要找我合作，而非找公司合作。我有了一片天地。我謝謝這位苛薄我的老闆，但我更感謝的，是願意受委屈的我自己，能換來燙了金的履歷。

我也想再撐下去，但合約還有五年，被苛待的日子比預期還要難捱。經紀人見我開始挑工作，精準計算收入，不讓他少給一分一毫，他便開始了煽動：「如果不是我給妳這些機會，妳能接觸到這些藝人嗎？如果不是我，妳不會有拍攝機會。如果不是我，妳現在跟其他畢業生一樣還是助理一個。妳知道工作人員私底下怎麼說妳嗎？他們都說妳年少得志，大頭症，難相處，作品拍得好又怎麼樣？如果不是我緩頰，沒人想跟妳合作的。搞清楚自己位置，沒有我，妳就是一群畢業生裡的其中一個，路邊雜草，沒有人會理妳。同事眼裡啊，妳就是塊破抹布，大家不要了，是我格外照顧妳，妳才有被使用的機會。妳不特別，我今天要捧誰，誰就會紅。」

我信了他的挑撥離間。我開始恐懼工作人員的眼神，我是年紀最輕的，卻是導演的位置，是不是他們都不服氣？我開始不敢把話說白，幾個月過去，我真正被孤立了。我不信任經紀人，也不信團隊裡的任何人。

某次聚會，我輾轉從某製作人那聽說，他們公司指定要和我合作，並開給我的導演費是三十萬元台幣的價碼，且，製作費另計。我不信，跟他要證據，當晚，雅虎信箱收到信，白紙黑字，雙方用印的合約掃描檔。他說三十萬是經紀人一直以來對外的報價。經紀人宣稱價格是我開的，說我很難搞，沒有足夠的錢請不動我。我才震驚，原來我領到的錢，只有行情的三十分之一，經紀人拿了二十九萬，我拿了一萬。甚至有時候，只剩五千元。對經紀人而言，我的通宵徹夜、燃燒熱血，勞動與青春不值錢。值錢的是他那張嘴。

我失去了熱忱，討厭圈子裡的爾虞我詐、厭倦互不信任的職場氛圍，在那樣的怪圈裡，我變得性格帶刺，易怒、沒耐心，對人際關係不再感興趣。接近我的人，我防備著他們的惡意。

這幾日在台灣南部拍攝，我感到迷失。

此時手機跳出一封簡訊，我媽再婚了，跟一個銅臭味熏人的老伯，搬到與我無關的「家」居住。

從小就是如此，爸媽不要彼此，也不要我。
他們用力的爭吵，也用力去追尋了各自認為的幸福。

長大後的世界呀，不斷推翻我對家的定義……
以前以為「要有愛」。
然而，大人們卻總是選擇「要有錢」。
但我不怪世界，錢那麼重要，是吧。
我回傳一句祝福。心卻裂了。

這天，我再也無法承受心中痛苦，翹掉了原在南部的拍攝行程，獨自搭上火車，一路向北，逃離惡夢。我不做了、我不管了。
勉強自己待在討厭的環境裡，終有一天，會討厭起自己。我想重新找回我自己。我想有一天能成立自己的公司，自由的創作、無後顧之憂。再來，能存夠錢，買一戶房子，在台北有一個安身之地。心意堅決。

至於那位仇人，同時也是我的貴人。因此我不去計較從前，但從今天起，我只為自己，不再被他利用。

那份不平等的經紀合約還有五年，違約需支付高昂賠償金，我付不起，它規範我不能在合約期間私下進行影像工作。於是我想清楚了，不能進行影像工作，那麼我來寫小說，也是說故事的一種，無名小站因此開張。

幾個月前，戀愛談得根本還不夠深刻的我，以對愛情粗淺的認識，隨隨便便寫了幾篇愛情散文，我的無名網誌偶然在巴哈姆特場外休憩區[3]被瘋傳。文章瀏覽人次單篇破千人。重新起步，好的開始。

豆腐色、大箱子般的電腦，螢幕裡裝著我的夢想，電腦主機旁左右立著兩台小音箱：「哪裡有彩虹告訴我，能不能把我的願望還給我……」是千千靜聽[4]正播放的周杰倫《彩虹》。

電腦旁書架上，有〈JAY〉、〈范特西〉、〈八度空間〉、〈葉惠美〉。我將即時通的狀態，改成了

「為什麼天這麼安靜，所有的雲都跑到我這裡[5]？」

附上無名小站的超連結。

狀態變成藍色[6]。

3 巴哈姆特場外休憩區：華人地區最大電玩動漫社群網站，場外休憩區為其討論區。

4 千千靜聽：一款流行於2000年初期，可支援多種格式的免費純音訊媒體播放器。

5 《彩虹》，作詞周杰倫，2007年專輯〈我很忙〉。

6 即時通功能之一，置入網址，個人狀態就會呈現藍色。

深夜，洗好澡，頭髮未乾。看見PPS[7]上架了電影《不能說的・秘密》，我將它加入待看清單。正在瀏覽雅虎奇摩知識+[8]，看見有個ID「魷魚哥」提了一個問題二十點：「喜歡上一個不認識的女生，如何開啟第一步？內文如題。」

我搶答：「不要猶豫，給她你的即時通。女生喜歡心意堅決的對象。就算沒有結果，至少盡力過。努力不一定有收穫，但努力可以讓你不後悔，不留遺憾。拜託選我最佳解答。」

我把我的懊悔移情了。那輛列車上，如果他主動一些，如果我主動一點，也許都將不一樣。奮力一搏的好處，是不管結局如何，至少不會淪落到……只能如果如果。

回看網誌，夜深人靜而流量減少，一則留言來得出乎意料：「該怎麼去形容你最貼切，拿什麼跟你做比較才算特別，對你的感覺強烈，卻又不太了解，只憑直覺……wei790106@yahoo.com.tw 加我即時？」

無名小站的誰來我家九宮格[9]，

看見了一個雷鬼頭，

難道……是他？

///系統通知：「水獺小刈包」獲選為最佳解答，得到二十點。

---

7 PPS：流行於2006年至2013年的網路影音平台。

8 奇摩知識+：開放性的知識分享平台，網友間可以彼此問答互動。

9 誰來我家九宮格：無名小站功能，在登入狀態瀏覽他人部落格，就會留下公開的瀏覽足跡。

如果沒有遇見妳
我不會相信
世上竟有一種相遇
是一相識便感到溫暖

如果沒有遇見妳
我不會相信
原來世間溫柔
皆與妳環環相扣

剛回台灣，我先到高雄祭拜了過世多年的母親，接著要回台北跟扶養我長大的老父親同住。踏上一班往台北的自強號列車，氣鬧門闔上，人潮洶湧，它即將加速。

人聲鼎沸中，見妳在座位上瞌睡，遙望妳的我，不自覺向妳的方向往前走。妳不施脂粉，自帶腮紅，短髮清純及肩，熟睡卻嘟起嘴，嘴角的肉肉令人難以抗拒。拿起手機偷拍了一張。睡得天真無邪。

妳醒了過來，而注意到了我的視線，看向我，用熱烈的視線，激活我心跳慌亂；避免被看穿，表情故作鎮定，刻意冰冷。妳是誰？擾亂我的妳，是誰？猝不及防的第一眼，我便知曉，這大概是人們所謂愛情。

拿起火車票，查看座位，驚喜是我能坐在妳旁邊。餘光見妳眼神仍然熱烈，我不允許自己如獵物般，那不是從小看英雄動漫的我，心中理想的自我形象。

可我卻不小心陷入妳的視線。妳想望穿我，我努力裝作不在意，心卻不自覺飄了過去。還暗自竊喜著，幸虧沒有被妳發現，我這亂了套的一切。

那個中年男子在我眼前觸碰妳的肩，我壓抑情緒說了「不好意思，這是我的座位。」要是沒有我保護妳，妳是否還會被碰第二次？想到就厭煩。

我耳機裡旋律響起《紅色高跟鞋》，餘光見妳Nokia掀蓋手機與我同款不同色，一條字幕顯示蔡健雅《紅色高跟鞋》，怎麼會？我們碰巧聽著同一首音樂。

不行，我要冷靜。

幾小時的車程，準備考試的進度不能落後，折疊桌攤開，掏出原文書與題庫試卷。今年從加拿大英屬哥倫比亞大學商學院畢業，金融風暴讓我飛回台灣沉澱，特許金融分析師的考試是我此刻生活裡的一切。不能鬆懈。

我在任何地方都能本能的吸收知識，只為回到加拿大的銀行工作，成為頂尖的金融分析師。這次北上，自願被關進昏天暗地的補習班，每天將被囚禁在只能準備考試的環境。

突然，妳的手臂碰觸了我，我迅速移開，男女授受不親。我還在為稍早妳被那位中年大叔觸碰而生氣。而下意識的嘖了一聲。嘖？奇怪，我為何要生氣？

考題逐一解開，見左手邊的妳開始繁忙起來，我才吃驚發現妳筆記本上紅筆寫著一條網域 http://www.wretch.cc/blog/iam63，劉珊？筆下正寫作的妳是劉珊的讀者？或劉珊本人？劉珊未曾在無名小站露臉，我不敢篤定。不久前，在巴哈姆特場外休憩區，偶然看見網友轉貼劉珊的無名小站文字。劉珊作者的文章，已成為我每天會閱讀的習慣。

我的試卷完成，妳仍專注於寫作。

我從後背包中拿出一包義美小泡芙，腦力用盡，血糖不夠。

而妳卻突然伸手，拿了我的一顆泡芙。

我視線看向妳，妳一改稍早的嫻靜優雅，突如其來的搔首弄姿。

妳是什麼做的？為什麼全身都是驚喜？

我再次盡可能表現得冷靜。

不動聲色，照常吃泡芙。而妳見狀，再吃我一顆泡芙。

後來妳擺出一副大方的姿態，示意剩下的妳都留給我。我卻笑了，妳在演哪齣？妳遞給我一張字條，並將妳的筆記本闔上，我見筆記本封面右上角貼著一張姓名貼，名字劉珊。我確定了，妳就是我在無名小站上追蹤的作家劉珊。

原來妳這麼愛吃義美泡芙，就再一次那麼巧的，我也很愛。緣分讓我們有那麼多的碰巧，列車上的一眼瞬間、巧合的座位、同一首音樂、我曾閱讀過妳的文章，還有，妳也喜歡的，義美香草小泡芙。

列車廣播台北站到了。

我手裡握著那張字條，欣喜若狂，我猜裡面有妳的即時通或電話號碼，我們將延續著聯繫，成為朋友，或更多的可能。

我故作大方，若無其事將泡芙都留給妳。絲毫沒讓妳發現我的動心。接下來的故事，我們留在手機簡訊裡。

走出車廂，想在車站外攔車。偶然見妳步行出車站，後來，妳從不遠處，回頭，再次走回車站，像在等誰？男朋友？妳有對象了？但妳沒等到人，獨自離開。只是，我本能的好奇心讓我想悄悄跟上前，確定妳究竟在等誰？才又看見剛剛車上觸碰妳的猥瑣男子，竟然尾隨妳身後。我口頭警告了他一回。他不聽勸，我再拳頭警告了他一回。他撤退。

為確保妳安全，我默默跟到了妳家門口，破舊的老公寓，腳步聲迴盪陰暗的樓梯間，妳走了好久，我見鐵皮加蓋的六樓亮了燈，妳的身影在窗後移動。待上半個鐘頭確認沒事，我才安心離開。

到家後，電腦開機，系統自動登入即時通，狀態顯示為「不在位置上。勿密」前方加上一個禁止的符號。

幾個老同學的狀態是：

「葉子的離去，是風的追求，還是樹的不挽留[10]？」、

「童話裡都是騙人的[11]」、

「海鳥跟魚相愛，只是一場意外[12]」

我才拆開信紙，竟然沒有電話號碼、沒有聯絡方式，紙上僅一句歌詞？妳究竟是個多奇葩的存在？也許妳已有另一半？

網域欄，搜尋輸入 wretch/iam63，見今日網誌已更新，標題是「錯過」。內文與妳在火車上寫的相符，再次篤定妳就是劉珊。猶豫該怎麼聯繫妳？我如常登入奇摩知識+，發問那些日常裡不敢開口的疑難雜症，全是我不擅長的情情愛愛。

---

10 2008 年盛行網路用語，有一說出自三毛，亦有一說出自藤井樹。

11 《童話》，作詞光良，2005 年專輯〈童話〉。

12 《珊瑚海》，作詞方文山，2005 年專輯〈11 月的蕭邦〉。

高等級的網友「水獺小刈包」和「手槍伯[13]」都是答題的常客。當然，手槍伯是來鬧的。所以最佳解答總是給水獺小刈包。同樣的，我也會回答水獺小刈包的提問。於是，我留言給了劉珊，將最佳解答頒給水獺小刈包。

電腦螢幕右下角顯示一個小圖，劉珊（iam63）上線了。
趕緊切換狀態為「我有空」。
創立一個專屬於妳的分類「火車泡芙」，置頂在通訊欄最上方。

**深夜，皓月當空。**
**寧靜，卻不孤寂。**
**拚搏而流浪的日子，突然變得好溫柔。**

13 手槍伯：奇摩知識+平台活躍的傳奇人物，創下申請71個帳號的紀錄。

想遇見愛情
首先你要先學會照亮他人
給予溫暖

當對方喜歡你
照亮你
你也喜歡對方
回禮他一份溫暖
此刻，愛情就發生了

電腦前，我打開劉珊的訊息窗。

打字。刪字。打字。刪字……一個字也傳不出去！

我焦慮的站了起來，走到客廳來回踱步，焦急的來回走動……

要怎麼和喜歡的女生聊天？

心慌、心跳，熱暈暈的思緒。原來愛情給人的感受，就是平日裡再有辦法的能人，也會像個笨蛋，不知該怎麼辦。

一旁爸爸擦拭了書櫃、相框，將架上我們兩人的合照移正。

「小偉啊，要不就趁這次，剛好就順便留在台灣好了？」

「那你解掉的定存、賣掉的股票，那些你下半輩子本來要用來安度晚年的錢，全押在我身上的錢，回不來了怎麼辦？台灣這種薪水環境，我要幾十年才能把那些你對我的幾百萬投資賺回來？」父親要送一個孩子出國唸書，不是容易的事；孩子也同樣不容易著。

「錢別擔心，人死了什麼錢都帶不走，不要看得這麼重。」爸說。

**「我不甘心的不只金錢，更不甘心這一生只是這樣。」**

我說，而你懂。

客廳牆上掛著勛章、從兩棲營畢業的證書、撕下來的隊徽、繡有父親兵籍號碼的海龍蛙兵老帽。下士、中士、上士、士官長，每一個軍階徽章都被完好保存裱框。受蛙訓的紀念照，與弟兄的合影，標齊對正，整齊排列。

蒙灰，擦拭；蒙灰，再擦拭。重複數年，最終將回憶帶進棺材。一輩子就是這樣吧？去經歷，去體驗，最終能無悔，不遺憾。父親懂我的不甘心，他絕對懂。他只是笑了一聲，笑呵呵的繼續擦拭他吊掛牆上的歷史，沒再說一句話。

關上房門，我上鎖，漆黑的房間，臉上映著電腦螢幕的藍光。

Control＋G快捷鍵「叮咚～有人在家嗎？」系統提示震動著視窗。

小偉：「阿不好意思剛剛是朋友亂按的啦~~」我隨意扯了謊。

小偉：「那個 叫我小偉就好了」

小偉：「在忙嗎？要不要陪我聊一下~~」

劉珊：「好啊哈哈 但已經很晚了 只能一下下」

小偉：「泡芙好吃嗎？」

劉珊：「真的好糗啦……」

後來，我們竟一路聊到天亮。妳解釋著妳是如何第一眼就看見我，我強調明明是我第一眼先看見妳。妳再三強調，妳也有一盒一模一樣的泡芙，妳以為我吃了妳的，妳以為妳吃的是妳自己的那盒。妳以為我大膽的靠近妳。我說，對我而言，最大膽的是妳。

妳說著妳是如何注意著我的舉動，妳說我玩《楓之谷》，是冰雷法師。而關於緣分的解釋，我又多傳了一行，我說妳聽《紅色高跟鞋》的時候，我也正在聽。我可以感受到文字裡、電腦前，妳面對螢幕的笑臉。曖昧在虛擬土壤用文字培養，正蔓延著、滋長著。

我們討論歌詞，說著緣分，聊著夢想，妳說妳要成為一個電影導演，不是現在，是十年後。妳現在會好好蟄伏，做好一切準備，累積作品。蓄勢待發。妳說妳也迷惘，但踏實的妳，不怕。

我說我在國外讀書和工作四年，離鄉背井一直有種流浪感，漂泊不定，但我喜歡那種充滿挑戰的感覺，那讓我感到我在變強、我在進步、我走向頂尖。妳問我想成為什麼樣的人？我說我不知道，就是從小發現自己財經領域強，智力測驗一百七十分，考試不太需要讀書，看過的文字就能記起來，邏輯能力好，數理成績永遠滿分。所以我就做聰明人做的工作。

妳說我是天才，妳說我很特別。但我知道妳才是真正閃閃發光的人。妳確定自己喜歡的是什麼，計劃縝密、毫不猶豫，而奮力向前衝。而我做的事，跟熱愛不熱愛無關，只關乎於成為英雄的路、關乎於對自我的感覺是否良好，為了成為一個英雄，一個男子漢，而選了一個頂尖商務人士這條路、選了這份高薪職業，我喜歡站在高處的感覺。我知道，有錢就有自由，等我有了自由，我終究會找到我熱愛的事。

但妳不一樣，妳的努力目前還沒給妳等價的收穫，妳快要被榨乾了，但妳依然熱情的實踐妳要的人生，不埋怨，就是拚了命前進。文字的背後，妳正在閃閃發光。認識妳以後，我好像更喜歡妳了。

於是我改了視窗聊天情境，一片片楓葉在視窗裡飄逸[14]。

---

[14] 即時通功能之一，可以改變對話視窗以表現心情。

妳問我會在台灣待多久？我才意識到我不應該表現得太喜歡妳，因為我給不起任何一點承諾。我實話實說，告訴妳我原始的計畫是暫時回台灣準備考試，準備好了，將再次回到戰場，這次我要飛得更遠，爬得更高。我相信穿越窮山峻嶺，某個山頂上，我會找到屬於自己的那一片天空。我還在摸索。

妳得知以後，似乎有點失落，對話的氛圍突然凝重，

妳給了我 >_< 顏文字符號。我回傳了一個笑倒在地的表情符號。

我關心妳即時通狀態上那句「為什麼天這麼安靜，所有的雲都跑到我這裡？」是不是心情不好？我問。

而妳傳來一條周杰倫的《彩虹》，妳說哈哈只是歌詞啦。

「**愛你有種左燈右行的衝突，瘋狂卻怕沒有退路**」，出自蔡健雅《紅色高跟鞋》，我不解這段話的意思。而妳對文字敏銳，解釋說：

**「你明知道前方是左轉燈，卻選擇右轉；左轉燈是你理智上告訴自己必須去的方向，右轉是你無法自拔的愛上了他，然而，你仍然選擇了去愛，那麼這樣的選擇，就是瘋狂且毫無退路，違背了號誌燈，違反了理智，很瘋狂，很美好，卻有人會受傷。」**

原來在訊息一來一往之間，愛會慢慢增加重量。

在這塊虛擬土壤，我開始思考我能承擔甚麼？能給妳什麼？

天剛亮。突然，妳換了妳的即時通狀態

——**「看不見你的笑我怎麼睡得著？**[15]**」**

好像在說我？我也接了下一句

——**「妳的聲音這麼近，我卻抱不到。**[16]**」**

聽著同一首《彩虹》我們暢談一整夜，捨不得說晚安。

我在巴哈姆特場外休憩區查了追女生的方法、如何聊天、怎麼安排進度。論壇說女生容易喜歡上跟她們聊天的男生，但實測後發現，這不是女生的專利，男生也會越來越喜歡，那個可以和自己暢聊全世界的女生。

妳說妳要先下了。

而我溫習著歷史訊息，腦海裡複習著妳可愛的模樣。

**妳我，從前各自流浪，**
**在世界某處，各自奔波，互不相識，孤獨著，拚搏著；**
**乘風破浪，穿越人海，見過浩瀚星空，嚐過悲憤也淚流；**
**等待的日子，多少茫然的深夜，**
**孤獨不知何時能找到解答。**

**我們未曾料到將如此相逢。**

前往台北的自強號列車。

**世間數千數萬次悸動，多少人擦肩而過，**

**而我們，是那萬分之一，我們沒有錯過。**

---

15

16 《彩虹》，作詞周杰倫，2007年專輯〈我很忙〉。

有些人你遇上了
明知道不合適
明知道不會有結果
早預料到靠近了會是一場災難
卻也仍想義無反顧奔向他
試一次
即使世界會毀
心會碎裂

不怕落淚
不怕面目全非

那天，喘吁吁爬了六層樓梯，回到租屋處。深夜，無名網誌收到那則留言：wei790106@yahoo.com.tw？點進「誰來我家」上雷鬼頭頭像，他的無名小站相簿裡，只有一本新建的相本取名叫「火車泡芙」。縮圖貌似是那張我在火車上寫的字條！就是他。我肯定，就是他！系統顯示此相簿有兩張照片，相簿已上鎖，密碼是什麼？

我加入了你的即時通，雷鬼頭立刻對我叮咚。你說是同學亂按的，這麼晚了哪來的同學？你不自然的開場白有點可愛。我試圖解釋火車上的糗事，我們自然聊了起來。

萬物寂靜的夜，皓月當空的深夜，原先陌生的兩人，文字將我們串了起來，字裡行間是你的誠意，和我送給你的真心。

暖暖的桌燈，視窗傳來一條又一條的分享和關心，

在這個網路縮短人們距離的時代，在這個有可能的夜晚，
即使前途茫茫，卻好像什麼都有可能。

我有可能實踐我的理想，你有可能達到你的目標，
我們有可能，都長成我們崇拜的那種大人。

我們都格外努力，我們都不甘於平凡，我們都想有一番事業，
我們都奮力於成為更好的自己，看見更寬廣的世界。
那份不服輸的努力，將我們的心意交疊，你懂我，我理解你。
如此同理，深刻的共鳴，千載難逢的知音。

每一分一秒，每一字一句，相知相惜。
聊人生，聊未來，聊夢想和那翻越山丘後的風景。
**聊到把心給交了出去。多希望啊，你能是我空無一人的人生旅途裡，**
**能讓我不再暗自逞強的良伴。**

你問我的興趣、聊我喜歡的話題，就像論壇上教人如何跟女生聊天的老手說的那樣，對準了所有我的喜好、陪我說話，你跟我什麼都聊，就是不聊你喜歡我。你好像有點喜歡我？

**你如果喜歡我，那就是一種「左燈右行的衝突」**。

你要回加拿大，我在台灣有夢想，我們不可能吧？但我選擇這幾年先成為一個作家，寫小說、寫劇本，文字工作的最大優勢，是我能自由選擇工作地點，不被地點限制，只要有紙筆和電腦，我都能工作。如此，未來，我將隨著伴侶漂泊，愛情在哪裡，我便在哪裡。

你卻告訴我：「隨愛情漂流？那導演的夢想呢？妳這麼有天分，被愛情耽擱太可惜了。」我當然知道，但我始終想兼顧愛情與工作，我不想二擇一，能力強大的我，兩個都想要。

我有了一絲疑惑……小偉喜歡我對吧？邏輯上小偉喜歡我。

但為何我提出「隨他漂泊的暗示」，他卻不因此而欣喜若狂呢？

「被愛情耽擱太可惜」？我能兼顧愛情與事業是一回事，但關鍵的是，小偉的話必須被深究其背後意義。那關乎於小偉的人生觀。

我經驗上，有些人，他們感受到「被依附」的可能性時，會表現出抗拒，你很有可能是這種人。我不必了解你太多，太多男人是這種人——重視關係的輕鬆感，不想承擔一點壓力。

**我直覺你是危險。喜歡我，卻在我給予熱情後，拉開距離。**

我卻頻頻緩頰，我說我當作家不是因為遷就於愛情，而是我在導演工作上，遇到了一些糾紛和困局。我向你說明合約的狀況，你看了合約的掃描檔，卻說不用擔心：

「合約裡規範的費用分潤是三七分，妳拿三成，經紀人七成，但經紀人卻固定給妳每個案子一萬元，他違反合約，欠妳。這些都可以調紀錄出來向他求償，而且妳簽了一萬元的勞務報酬單，銀行帳戶卻只收到五千元。這些小細節都是財務的漏洞，我相信還有更多。拿這些漏洞去找他談，要求他解約，還給妳自由吧！」

我真的沒有數字的頭腦，我只會創作，這些對你而言簡單的小事，卻從來沒有被我思考過。你說我是藝術家，不應該被這些雜事干擾，但為了保護自己，你要我以後還是要學會這些法律與財務的基礎知識，否則還沒創作出偉大的作品，會先在江湖上被吸血榨乾。

你沒有說你喜歡我，但你的每一句話、每一個叮嚀、付出在我身上的每一分每一秒，都證明著你對我有感覺。

我能猜到你的顧慮，你的個性，已經想到很久的以後，你知道我們終將分道揚鑣，你無法為我負責，你的理智與情感正在拉扯。但我沒有拉扯，我就是非常確定了，我憑著情感而行動。

「**看不見你的笑我怎麼睡得著？**[17]」我狀態上的暗示夠明顯嗎？你順理成章回應了歌詞的下一句：「**妳的聲音這麼近，我卻抱不到**[18]」，究竟這詞的意義是心聲，還是單純的歌詞？遊走在邊緣，是曖昧還是愛情？有些話打好了卻不敢傳，怕收到訊息的你會為難。

隔天，我設定了「以隱藏模式登入」。卻沒看到你上線，也許在讀書？等了一整天，洗澡時突然聽到電腦響起一則訊息音，衝出浴室才發現只是一封同學傳來的詛咒信，收到此信者，沒傳給十個朋友的話會倒楣單身一輩子。晚上九點，你上線，狀態是：「**才離開沒多久就開始，擔心今天的妳過得好不好**[19]」，周杰倫的《開不了口》。

我知道，那是在對我說。那不只是歌詞，那絕對是你的心意。我們又聊到深夜，今天收斂一點，只有三個小時，我們約好了，明天晚上九點，即時通裡見。

後來的每個晚上九點，我確定有一個人會坐在電腦前，他很專心的與我聊天，我們都給了彼此完整的時間，完整的心意。習慣你在，確定你在，讓原先路茫茫的人生，有了一份安定的力量，溫暖的安全感。

我們有頭有尾的聊天，約定好的時間上線，離開前說聲「晚安先下了」。我們仍未見面，你正昏天暗地的苦讀，準備地獄級難度的考試，而我的職涯正在轉型，合約糾紛要處理，偶爾還得回到經紀人手下繼續被壓榨。我們正各自忙碌，每天晚上的那兩三小時，是我們生活中，一處能將自己溫柔安放的地方。

---

17 18 《彩虹》，作詞周杰倫，2007年專輯〈我很忙〉。

19 《開不了口》，作詞徐若瑄，2001年專輯〈范特西〉。

後來的日子，我們的友誼越陷越深，我越來越認識你，知道你還想漂流，你有寬闊的未來，你還有夢；而我，我雖比你安定，卻也還承擔不起這份愛，我也有嚮往的里程碑要實踐，且更不想牽絆你即將翱翔的未來……

**我想啊……**
**如果緣分讓我們都完成了各自的流浪，**
**我們會不會再次愛上？**

再後來，我們也說好了，我們會是「好朋友」，
不論分道揚鑣後，彼此在世界的哪個地方，我們都是好朋友，
永遠在線支持彼此的摯友。

此刻青春歲月，我們不要浪費，快去追尋理想中的未來，
要成為那個夢寐以求的大人，才不負此生。

窗外暗夜蒼穹，我對天空呢喃，願獻上一整年的好運，祝福即將考試的你，旗開得勝。雖僅有一面之緣，但幾個月的文字聊天，感情已昇華至無限。即使未來不再相見，即使無緣，我也真心感謝

——黑暗的日子，我們曾互相照亮。

我將那天你的義美泡芙包裝紙剪下來，和那張自強號火車票，貼在日記本的第一頁。我們的相遇，是如此特別。

萬物皆善變，唯回憶永遠
人心亦多變，當下即永遠

青春像一輛疾速駛過的列車，
頭也不回的走了。

我將舊日記闔上。故事告一段落。日記本裡，當年的火車票根，而我口袋裡，是今日的高鐵商務車廂票。已是兩個世界。沒有了無名小站，雅虎即時通已徹底消失、奇摩知識＋也在幾年前正式停止運作。

我拍下手中的高鐵票，上傳至社群，公眾人物的帳號，瞬間無數個愛心襲來。很生動，真正的即時，卻又有多少人真正閱讀完底下我寫的繁冗文字呢？

我寫下……我懷念著，那個資訊不多的年代，
那個智障型手機的年代，老派的年代，單純的年代。
很想念那個即時通的年代。

想和對方聊天的話，我們會約好一個時間上線，通常是晚上九點。你知道對方很專心的在電腦前，他可能同時在論壇上找看資料，但對話視窗開著，隨時回覆。

離線時會說一聲「先下了」，有始有終。那些年的聊天，通常是一個約定好會發生的事情，不會飄忽不定。

**但手機成為聊天工具後，結束一段對話的方式，經常是你還在線上等對方的下一句話，對方卻已經離線了，然後你意識到了：「喔，不在了啊？好的。」**

現代的聊天總要有個人墊底，因為聊天已不再是專注度那麼高的事了。手機使我們一整天隨時有空即可回覆，很便利，卻失去了品質。我更喜歡，期待每晚約定好一起說話的那種感覺。一整天就都能期待著。

然而，在這個多數人在手機裡發生愛情的時代，更多的是把「早安、晚安、吃飽沒」四處傳送的單身者，零成本、低廉的關心，讓關心變得不再具有意義。

傳送一則訊息太容易，曖昧太容易，曖昧也不再深刻，社群裡多的是碰運氣的人。這是世道，我不批評，卻也不願成為其中一員。

他們成長在一個 Instagram 的時代，而我來自於無名小站。
我像是堅固的、老了的、打不開的舊箱子，任憑別人的熱情如火，敲敲打打，他們沒有鑰匙，就是打不開。

我經歷過真正的心動，想複製那年的心動的感受，
卻不小心，將後來所有的心動，都變成了盜版。

**心裡裝著龐大的遺憾，便排擠了後來走進心中的一切溫暖。**

窗外，陽光和煦，光斑穿透樹蔭灑下，這樣的天氣晴朗；我卻被那些陳舊的故事占據，我對著即將揮別的舊家，嘴角揚起溫暖微笑。

**十多年後的今天，當我想起和小偉初相遇的那天，心中仍有熱浪，有暖風吹拂。即使我們都已不再是當時的少年。**

小偉過得好嗎？多年不見，遠方的你，在哪裡？時間總在我們回頭時，才發現它已流逝，而我們的步伐變慢，日常逐漸平淡、心變小了，選擇安逸或順其自然。我們不再衝破頭的去擁有，不再熱血的奔跑。

一年又一年，我把曾經的天真，都揉爛了，扔掉了。

歲月摧殘後的你，是否像我一樣，變得理智、變得世俗？是否不再為了陌生人而掏心掏肺？是否不再翱翔？不再奮力追尋理想？是否盲從於世道與規則？長大後的人生，你快不快樂？世界某處的你，是否成了你想成為的大人？

有時候啊，走在台北的街道，我總覺得，也許會如同從前，在城市裡某個陽光灑下的街角，見你走來，黑色的後背包、深藍色的高筒帆布鞋、有夢想的雙眼……

我們會如那年般偶遇……
那一眼瞬間，我們會回到從前。

你是否還記得，那年，我們和這個世界初相見？
那年，我們很辛苦，卻都有雙即將飛翔的翅膀，
你是個樸素的少年，我胸懷熱血。

漸漸長大，有些事情被丟掉了、該珍惜的遺失了，而我們都認命的、懂事的，說著那是必經的過程，年紀越大，擁有的越多，也失去的越多。

因為一直在失去，所以一直很努力。

我沒有鬆懈，和你分開後，我拚了命的向前追，心底有一絲希望，也許你會出現；卻也有一絲理智，告誡自己，惦記從前，是沒有意義的事。拉扯又拉扯，已成了習慣，也一邊曖昧著別人，心裡卻住著你——那個當時的少年。

然而一年又一年，守在這座城市，夜裡，經常感到悵然若失。我經常不曉得，一步步走向人生的終點，五年，十年，二十年，活著是為了什麼？一戶安家的房子？一番精彩的夢想旅程？

**是不是……我們就要這樣過完一生？**

如果，如果，如果，那年我們有好多的如果。

如果你成功了，要記得我喔。

如果你飛黃騰達，在世界的某處，抬頭，我們會看著同一片天空。
如果你掉入深淵，請用力回想，曾孤獨的我們，竟照亮了彼此……
如果我們都拚了命，我們都可以成為一個了不起的大人。
如果我們都看遍了世界，我們是不是就可以在一起？

或是如果……

**我們不必等到什麼都擁有了，**
**才擁有愛情。**

時間過去了，便沒了如果，所有難堪的事實攤在眼前。

將舊日記闔上，我動手想移開衣櫃，卻移不開。**我記起衣櫃後有一個洞，那個洞裡，藏著許多我珍藏的回憶，那些已經陳年老舊的東西；代表了我們年少的一切。**

舊房間尚未整理完成，我得趕往高鐵。上了Uber，一路上，我呆滯，靈魂像是留在那個回憶裡的世界，那一張車票、一張破舊的包裝紙，使我深陷回憶中。

日子變了，世界變了。智慧型手機取代了桌上型電腦的多數功能，社群取代了即時通等通訊軟體。

曾經我愛上一個人，就不怕付出自己一生。此刻我更在意戶頭裡的數字、工作是否完成、生活是否安穩。

高鐵站。候車時，幾位讀者蜂擁而至，向我詢問簽名。幾位？抬頭一看，何止幾位……是一群。人人自備我的著作，我答應。拿起筆，我好奇問了，怎麼你們都正好在這裡？還都正好帶著書？喔，原來是社群那篇貼文，高鐵票的照片，乘車時間忘了上馬賽克，無意間曝光了行蹤，而他們逮到機會捕捉野生的導演兼作家劉珊。

叫什麼名字？Joanna。叫什麼名字？Hank。叫什麼名字？丞元，丞相的丞，元朝的元。我抬頭看向讀者，禮貌的微笑，聽他們描述自己的名字。我一位一位寫上讀者們的名字，再簽上我的名字。幸好有提早來候車，時間還夠。

簽完的讀者在一旁拿起手機側拍、錄影，而我的笑臉已經漸漸制式化，漸漸笑到僵硬。還剩最後幾位，我一邊看著高鐵乘車時間，一邊加快了簽名手速。

眼神已經沒有時間去看清眼前的讀者是誰。

最後一位，眼神瞥過，是身材較高大的讀者。

「叫什麼名字？」我問。

我的頭只抬了一半，沒時間眼神交會，只盡可能露出已經固定的笑容。

「邵志偉。小偉。」
熟悉的聲音。

是你。
手裡拿著一盒
和當年相同的
義美小泡芙。

那一眼，眼神的交會，
列車急駛而過，風聲刷啊刷，將髮絲吹起；
**時間定格此刻**。

親身經歷以後
我才相信原來真的有人
可以單純靠著回憶與思念
愛著另一個人
一年又一年

再次見你的那一刻，世界像突然倒轉，回到了那年夏天。
遼闊的天空，清澈的風。
我們的青春歲月，我們一無所有，卻溫暖到無限。

那是一個有始有終的時代……
那是一個真心與誠意的時代……
我們相遇的時代。

那年，天空很高、前路寬闊，理想抱負屬於我們。
那年，照映一整座城市的夕陽也是我們的。
那年，朝向未來狂奔的我們，都有一雙清澈的雙眼。
那年，我們都仍是少年。
那年，我們都期待著，有更多的明天。

# 第二章

我也曾穿越人海
只為與你相擁。

我永遠記得那些溫柔
誰在黑暗裡牽起我的手
誰在暴雨裡遞傘給我
誰的出現像冬夜裡的爐火
誰徹夜與我暢聊春秋
誰伴我度過那些憂愁

那些日子，我們當了很久的網友，不再見面，我們各自專注於自己嚮往的人生，我沒有任性脾氣，你沒有多餘的慾望，只顧各自實踐，各自乘風破浪。

夜裡，那不曾遺漏的晚安，總讓奔忙的日子，有了溫柔。我們有無數的明天，永遠不會結束的明天。我很確定，每晚九點，我們都坐在電腦前，把一段專注的時光，留給彼此。

白天。我拚命工作，承受壓榨，忍受權力不對等，領著低薪與超時的工作量，晚上趕回家上線；而你埋首試卷與書海，無盡黑暗的準備考試，明亮的夏日也變得黯淡，然而，你總說只要飛奔回家上線，雙眼就能再次發光。我們成了彼此的亮光。

對愛憎懵懂的年紀，名為友情的字句，總在夜裡狂放；但那些曖昧，我們心知肚明，不止如此。我們的相伴，總有一種心動，一種搖搖欲墜的溫暖。

後來的冬天，我們各自有了好消息，你的分析師考試通過了，我也存到人生中第一筆一百萬存款。我們終於要碰面了。於是，再次碰面的那一刻，**所有壓抑在文字背後的慾望，傾瀉而出，我知道你再也按捺不住，我也再不想故作忙碌。**

霓虹的鬧區街頭，我先是躲在角落躊躇，後來低頭快步，走到指定的地點，心跳好快，我不敢四處望，要是看見你，我該怎麼反應？

手機裡顯示晚上七點三十二分，突然一股力量，你一把將我抱住，見面的那一眼瞬間，那份搖搖欲墜的溫暖，轉而發燙。

雙臂緊扣我，你小聲在我耳邊說：「**我的愛情遲到了。**」

你轟隆的心跳、我嬌羞而只敢偷瞄你熱烈的雙眼，我再而三的確定，這早已超越友誼，並且再也回不去，它是現實，是愛情。

聽你說話，很久很久以後，我感到一陣暈眩，突然喘不過氣，發昏的雙眼，才讓我驚覺，剛剛太投入，我忘記了呼吸，忘記換氣。

口中呼出的白煙，眼前你對我笑得無限燦爛。你說我是你此生見過，最美好的事情。遇見我，是你最美好的事情。世界美好事物，都與我環環相扣，你不斷告訴我。你親口告訴著我……

我們在各自孤獨的那些日子，雙手捧著星光，想著終有一天，要帶給彼此最好的自己。那些黑暗期，那些歷練與乘風破浪，我們終將穿越人海，與彼此相擁。

**此刻的靈魂交流，兩人心意疊加在一起。**
**原來真愛，是一份當下真切的感受，**
**是一份你想與他，用一生去磨掉彼此稜角的怦然。**

說好要吃大餐大肆慶祝一番，步行於繁華的市中心鬧區，卻不知該走進哪間餐廳，昂貴的菜單，有壓力的金額，誰也不想恣意揮霍。又也許是有了愛，心底滿足，任何外在物慾，都相形失色。

人潮裡你倆落牽起我的手，一點也不害臊，後來我們遠離人群，走向鬧區旁的山腳下，竟取得吃便利商店的共識。象山山腳的全家便利商店，你幫我按下微波爐，一人一碗麻辣燙。我們的第一次約會，那一碗麻辣燙。

決定上山。於是喘著，踩著影子，踏上陡峭的步道，一路上手拉手，時而遇上人群，你卻越不肯放開我，毫無顧慮，只想牽著手，穿越重重阻礙。我們抵達山頂，眺望一整座台北的夜景，好像有了彼此，我們什麼都不怕。你凝視我，此刻再無理由推託，我們有了第一個吻，麻辣燙口味的。

月光下，你有清澈的雙眼，誠懇而大方的告白。

**「我要跟妳在一起。我們一起生活，一起變老。」**

我雙眼泛淚。

我怕我習慣了
你不容拒絕的照料
怕你輕輕一招手
我就不由自主的投懷送抱
怕你說了一百個晚安後
消失無蹤
怕我自投羅網
回頭才驚見沒有退路

你態度堅決，但我確信你有未曾考慮的地方，在愛剛開始的時候，我們都狂熱，多數人無法預想未來有多少事情能將我們拆散，現在完美的承諾、漂亮的句子，未來都將諷刺無比。

我想立刻答應你，我也想和你相戀、相熟，而有一個家。可是我轉瞬一個念頭猶豫了，你考到執照，你要回到加拿大繼續金融工作，你要繼續完成你自己。而我呢？我隨你而去嗎？我有這樣的決心？我們真有共度磨難的能力？我不清楚，想像著未來的路，在那一瞬間，看似好多變、好徬徨，那是一個我們都不知曉該如何應對的未來。**愛不可能解決一切問題，因為問題會消磨愛，後來愛會不見。**

我不能踏錯一步，要是走錯了，就什麼都沒有。但若不開始，也許我們還能繼續相伴？我不曉得。抵抗著距離和時間，愛能持續多久？總能將工作計畫得完美無缺的我，我也計算到我們之間終將面對的難題。

我說，你三個月後要走對吧？我的經紀合約還沒解除，至少未來三年，我不可能隨你漂泊。你有想過「一起變老」這四個字的意思嗎？我們會有磨合、會爭吵、會有無數意料不到的困局，磨損我們的愛。相看相厭的那一天，你仍能守著你的承諾嗎？你可曾想過？現在任何的美好，都可能為未來的悲傷埋下痛苦的種子啊。

你說你都知道，你就是要跟我在一起，我們雖然都年輕，但你這輩子從未有過如此堅定的決心。「我第一次這麼堅定，我確定我就是要擁有我眼前的這一個人。」你再一次說明你的堅定不移。

「我不想跟你只是因為怦然心動而在一起。」我說出我的不安。

「妳不要怕，我都想過。我們還有三個月，所以下禮拜就去環島旅行。再來，我想認識妳的朋友，看看是哪些人平時在陪伴妳的孤獨，我想看看妳的家鄉，是什麼樣的土地，養妳成如此美好的模樣。我都想過了，我要把握最後的時間，去認識妳的一切。我真的想走進妳的生活，我也想跟妳有專屬於我們的生活。」

我說需要一些時間思考，三天，三天就好。你說不，如果現在不答應，就不再聯絡。我妥協，我也喜歡你，但我仍然需要思考，給我兩個小時。我會在凌晨十二點前告訴你。

你同意。我離開現場，步行到附近一座牆，牆上有大量塗鴉，坐在石椅上，我想，剛聽你說著你的嚮往，我的擔憂釋懷了一點，即使我知道，你的設想遠遠不足，這些都不足以抗衡歲月的殘酷，終有一天，熱情會結束，一切歸於平淡與日常，那個階段，是此刻熱烈的你難以預想，你以為愛會永遠。

但是，即便有那百分之一渺茫的機會，我也要嘗試踏上這條路，我知道野心巨大的你，漂泊不定，還有遠方的世界尚未抵達，你不可能在這個年紀定下來，但我若不嘗試，又怎知道答案呢？

**是你想與我走一輩子的堅定感動了我**。我想明白後，拿起立可白修正液，在牆上畫了一顆心，心上寫了 63 和 wei，拍照傳給你。我說：

「**你如果找得到這顆愛心，我們就在一起**。」

我選擇與你瘋狂的放手一搏。也知道眼前沒有退路，只要接受了愛，開始了愛，把心交出去，就必然得承擔受傷的風險。知道前方有危險，卻仍向前。愛就是這樣開始的，有彼此，什麼都不怕。

你一路拔腿狂奔向我而來，
燦爛的笑臉、自豪的神情，
你總是對生命中的一切事物充滿自信。
你看見那顆愛心，你知道你擁有了我，
你將我一把抱了起來，高高舉起，我們開心的笑著。

這天，背景是一整座深夜的台北，我們有了第一張合照。貼在日記本，也一起設為手機桌布。那張照片，無論未來走到何種境地，相伴到老或分道揚鑣，無論如何，我們都會一生銘記，對吧？

答應你的那一刻，我就已經想透澈了——

你想作汪洋中漂泊的船，我能是伴你而行的帆。
你若成高山，我願是繞行於你的雲靄。
你若是城牆，我是成就你的瓦磚；
你若為山川，我便是伴你的夏蟬。

你想作汪洋中漂泊的船
我能是伴你而行的帆
你若成高山
我願是繞行於你的雲靄

山路蜿蜒，火車窗外有藍天，車裡是我們的笑臉。我們偶爾在山裡迷路，漫遊好久，聽著瀑布，淋著大雨而緊緊相擁，我們牽起手，去到哪裡都可以，我們一起流浪吧！去到哪座城市，就隨意找個小旅店住下。隨遇而安，自由自在。

年久失修的小旅店，
你若是那一縷清晨炊煙，
我便是伴你而醒的晨光。

拚了命的夏蟬，
你濕透的衣衫，
炎日裡落下一滴滴的汗，
落在只有我們的海岸。
時光漫漫，
步伐姍姍，
夜晚星光閃閃，
你擁抱我的雙臂像一座港灣。

整個夏天，像一場愛的冒險，浪花一片一片，踏著水，沙灘上你擁抱著我，原來愛一個人可以這樣簡單純粹。不求太多物質的享受，公車、火車、腳踏車，豔陽下、暴雨裡，不論陰晴，與你看過的風景，再簡單平凡，都值得留念。

我們開始了一段感情，
也開始了一趟旅行，
參與了彼此的人生，
搭上那輛緩行的列車，
這一次，是同一個方向了，對吧？
敞開雙臂，迎接彼此，成為彼此的旅伴，
相伴在這趟名為人生的旅程。

上了一輛火車，我們的方向一致，終於走在一起，基隆、三貂嶺、金山、宜蘭、花蓮，第一次旅行，我們沒有太多計劃，只要能相伴一起，到哪裡都可以。

見你爸的那一天，不擅言詞的邵爸，讓茶壺在茶几上匆匆忙忙。他只是想見兒子的女朋友，卻沒事先想好話題。

「我爸四十五歲才結婚，他一輩子見到女生都很緊張。」你小聲在我耳邊說。而邵爸清嗓，教育你要如何對我好：「這趟過去，不要去太久，看夠了就回來，家鄉現在有兩個人在等你了。」

你當然沒有答應，你說追到了你要的成就，你才肯回來。

日記一頁一頁，回憶越來越厚；拍了大頭貼，貼在手機背面，得知PPS是盜版軟體後立刻刪掉，租了《不能說的・秘密》DVD[20]，也一起吃同一根霜淇淋，世界很大，也可以很小，於我而言，在彼此身邊，就是全世界。

剛萌芽的戀愛，盡是「高光時刻」，儘管做些無聊的小事，就令人怦然心跳，而我們將這些怦然，珍藏，溫存。

收到一則訊息就開心，一句晚安就心安，一通電話就能創造好幾天的好心情。

**你什麼都不用做，你光是活在世界上，就能令我感到幸福。你只要站在那裡，你在我眼前，就令我無比歡喜。光是遇見你，就值得大肆慶祝。**

時間終於到了。分離的日子開始倒數。我才發現原來世上所有美好的事物都只是當下的，在那個當下是美好的，而過了以後，它便只存在於回憶裡了。我們從來難以抵抗時間將任何好事帶走。

世間萬物多變，唯回憶永遠。
我將這一切珍藏，安慰著自己沒事，高光時刻是可以持續再創的，
只要我們共度萬難，回憶會越來越多。
幸福本就是體會過後，
被收進心裡的事情，
我們不能要求它無時無刻存在，
只能將它時常拿出來惦念。

20 數位多功能光碟，可以儲存大量的資料。

你是即將揚帆的船
我是送別你的港灣

我們的人生都像一場「目的不明的流浪」，流浪的盡頭是什麼？有人說是夢想，有人說是家，有人說是世上頂級的奢華，然而真正的目的是什麼？答案自由心證，無人可代為回答，追逐多年也想不透。我只知道，即使我的夢想很重要，但實踐的過程中，我越來越清楚——**你在哪裡，那兒便是我的棲地。**

心若有了棲息之地，我們便能無後顧之憂，更堅定的追逐世俗的成就，我的創作之路，我的電影之夢，你的英雄之路，你將完成最理想的自我，走向頂級的商務人士之夢。

我們都懂，笑談這些與愛無關的目標，都是俗物、庸俗。但不可缺少，因為最庸俗的事物，讓我們的眼界更廣闊，在社會階層上不斷向上攀爬，使我們見識了世界之遼闊。

你說一趟人生之路，死亡是終點，死了以後是虛無，過程中見識的豐富，才真正使我們富足，所以我們都奮力向前衝、向上伸手，看見機會就奮力抓住，我們擁有更多，使人生開闊，才不負此生。

機場。送別。

**你說分別是一時的，一輩子很長。**
**我說更血淋淋的真實是，**
**一時的分別，卻讓人們錯過相伴一輩子的機會。**

相擁而泣。

「你要找到你想要的人生……我會等你。世界好大，你一定會很有收穫……你要很快樂，不開心就找我……你要照顧好自己……慢慢來，不要有壓力……但也不要讓我等太久……」

我口中的句子，哽咽在眼淚裡，一個字都說不清楚。

「妳要加油，不要……被壞人欺負，合約要看好，不要只顧著創作，然後被壞人利用……要學看帳，會計跟稅務知識妳都要去了解，才能對抗奸詐的人，希望妳好好生活，有好多的創作靈感，不要因為有人欺負妳，就變得陰暗，妳要記得世界上有人對妳好，我們雖然相隔很遠，可是我給妳的愛，都放在妳心裡，妳有感覺到嗎？都在妳心裡了……」

泣不成聲的我們，在登機廣播聲中，一公分又一公分的漸漸分離，緩慢的目送，只顧著叮嚀彼此，忘了顧及人潮正洶湧。

「三年之後我的工作合約結束，我就可以去找你了，你要等我，我會很努力，三年很短，我們把握時間，三年之後我們都會很不一樣！」我說三年很短，但其實所謂的三年，卻可能改變一切，我們變得不一樣了，那愛情呢？愛情也會變得不一樣嗎？不知道。

「如果妳有看不懂的合約，隨時寄給我，我會保護好妳……」過海關前，你再次叮囑我。我要你加油，老地方！每天見！我大喊著老地方！每天見！你也在遠處大喊：「好！我會上線！」遠方的你揮手道別。我對著你消失的身影，大喊著我會等你上線！等你上線，等你上線……等你上線……

人潮裡只剩我形單影隻。

我知道一切都過去了，我們都明確的走進了人生的下個階段，未來正在改變，各自拚搏的日子，又將開始。

手裡拿著一張你留給我的手作卡片。

記載的幸福，太溫暖，我不忍心閱讀，怕哭。

這個秋天，回家的路是凋零的落葉，落寞的飛燕，孤獨的旅人，落幕的故事，我孤寂而逐漸消瘦的心，擁有很多，卻不再感到富足。

與你相伴的時光
我總是懷著最好的期望
也隨時做好最壞的打算

**成年人的世界裡，人人各自奔波忙碌，你願意把時間花在誰身上，就是對他最直接的愛了，因為你把原本可以用來賺錢的時間，都花在他身上，他比錢還珍貴。**

我們再沒資格抱怨誰沒時間陪伴我們，因為人人都為自己的人生奮鬥著。任誰都必須找到屬於自己的方向，成為和每個人都同樣孤獨的個體。

我確定，我只要奔忙一整日，坐在電腦前，和小偉說話，那樣的對話，始終是我的養分，使我感到富足。有個人在這個時刻，此刻他懂我；那是一種，觸碰到彼此靈魂的對話。

我始終相信，生命中，最珍貴的事情，是我們喜歡彼此，我們經歷時間的淬鍊，也願意相伴。而幸福，是世界一如往常，我見到的好事，都想與你分享。

視訊鏡頭的普及，你能見台北的我陰雨連綿，而我見溫哥華的你晴空萬里。但再豐富的科技，也無法阻止逐漸失去默契的兩顆心。

這裡是我和你爸的年夜飯，鏡頭另一端，是你工作繁忙和我們漸漸變得單一的話題。「記得吃飯、心情好嗎？工作加油」，我們之間，逐漸變成兩個不同的世界，話題難以延續。

分隔兩地的戀愛，不可能沒有情緒，時間空間的隔閡，製造了大量的不安、默契的不足、疏離感。經常錯過彼此，不理解對方的真實情況，都衍生了大量負面情緒。

除了面對工作壓力，感情似乎也漸漸不再是我們的溫床。夜裡，一邊消化著白天的負能量，同時這段感情，也帶給我們更多的情緒。

我說這是磨合期。

我能給你最好的，就是一份平靜而溫暖的陪伴，無論你經歷什麼，我都在，我也許不能即時提供解決方法，但風雨裡，我能遞給你一把傘，我在，當你倦了，隨時告訴我，安枕於我為你搭建的港灣。

一別三年，我想著三年，三年可能讓一切都不同了。但我沒料想到，所謂的「不同」，竟是如此天大的不同……走到了一個教我們不斷丟棄的時代，也是一個追逐高光時刻的時代。

智慧型手機出現，免費而無限量的訊息，取代了斤斤計較那寫滿七十字的珍貴簡訊。眾人陸續拋棄傳統手機，並黑色幽默般稱之為「智障」型手機。亞太電信的網內互打免費不再有意義。

歌手的專輯不再熱銷，網路上有無限的數位音樂免費聽。無名小站不再有人使用，奇摩家族如廢墟般不再被光顧，鎖起來的無名相簿已無人在乎，我建立了臉書粉絲頁，按讚人數代表了一切。爆量的點讚與留言，成了一份榮光。

不是我們主動在變，而是世界在變，我們都被世界變得不太一樣，工作習慣、互動方式、人際關係，都改變了。

訊息可以即時的回覆，我和小偉漸漸不再固定於同一個時間坐在電腦前，不再百分之百的專注於聊天。生活裡零碎的時間簡單回回。

**原來任何情感關係，都會隨時間而刷淡。**
**再真摯的友誼，再深刻的感情，**
**只要你不牢牢抓緊，不保持聯繫，不持續創造新的高光時刻，**
**它都將逝去，轉化成回憶。**

「珊珊不要等我 最近股市波動比較大我們要提早進公司 也常要加班妳先睡喔」某個寧靜的深夜，我可以感受到，世界另一頭，你正奔忙的開始一天。文字裡你急促，連標點符號都省去了。

等小偉上線，卻落空，終究成了日常裡可預料之事。時差問題，你我工作都忙碌，我們經常錯過彼此。然而，等你上線的即時通換成了臉書，看見你的頁面上，都是陌生而與我無關的風景；頭貼裡，換上西裝的你，沒了雷鬼頭，你將髮流向後梳，斯文的氣息掩蓋心中曾經的玩世不恭，我快要不認識你。留言的人是英語，說著我不曾參與的故事。那些金髮碧眼的陌生人稱呼你Darren。誰？看不懂英語的我總得將一則則留言貼上Google翻譯，卻依然走不進你的世界裡。已讀的發明，又是什麼意思？

**你給我的那一張卡片，是手寫的從前，**
**我將它放進衣櫃後，牆上的洞裡，**
**我一個字也不敢看，那是寫滿了你曾疼愛我的那個世界。**

我們的愛也變了。
當話題不再是無窮無盡，你的生活我插不上一句話，
你對我的新鮮感已經被更多豐富的事物占據。
我常沒等到你的消息。

你是驕傲飛遠之鴻雁
我是落日悲鳴的秋蟬

我在鏡頭的此端，教你爸用智慧型手機，他模糊的視線拿近、拿遠，戴上眼鏡，摘下眼鏡，始終找不到跟手機和平共處的距離，打了一分鐘，只打出四個字「照顧身體」。傳送，他笑著問：「小偉有沒有看到？」

怕傷眼睛，我讓邵爸改用語音輸入法，系統卻難以辨識他的鄉音。而你在鏡頭另一端刷牙更衣，急忙忙結束短短的視訊電話。

「謝啦，自從妳教我爸手機錄音之後，我每天都收到好幾條長度一分鐘的語音訊息。」幾千公里外的你傳來訊息。

「爸很開心。」我說。

「那妳開心嗎？」

我沒回答。因為我不知道。

我開心，也不開心。

你的事業穩健發展，我的合約已然結束。世界不同了，我們不再像從前熱絡，在世界改變的同時，我們之間也變了，隨著無名小站被世人遺忘，我們之間有些什麼，也似乎被遺忘了。

我雖已不再受合約束縛，獲得完整的自由，卻不能像從前般不顧一切的飛奔你面前。我的熱情，當你逐漸不需要了，只好冷卻下來。

又一個我和爸的年夜飯，你仍然未歸。

寂靜的農曆除夕夜，爸掛上你的視訊電話後，有一絲落寞。

我和爸暢談直至深夜，我冒昧問了爸一句：「你怕不怕死？」爸說：「看穿了就不怕。我有一個很努力的兒子，還有一個陪我聊天的女兒，還有一個永遠的妻子。我看過很美的夕陽，帶過好多新兵，還有榮譽勛章，部隊都叫我海龍王。能活到現在，已經很幸運啦。」一邵爸口中的知足，語調的灑脫，我好像再明白了什麼……

「阿雲離開後我就該走啦，但小偉要出國唸書，**家裡要是沒一個人等他回來，他就沒根，一個沒有根的人，在外怎麼闖？**一個人要是沒人等他，沒了家鄉，到哪裡都是流浪。我也才死死撐著，多活了這幾年，再多撐幾年，這十年都是硬生生多出來的。為了等小偉長大。」是啊邵爸，心如果失去了棲息的地方，去哪裡都像在流浪。

「看見妳我很放心啊……至少多一個人等他，他心裡有歸屬，流浪去哪裡，都能知道家的方向。」邵爸看著我，我們像真的家人一樣。我明白，邵爸的體悟我此刻都明白……

**原來人一輩子追求的是寬廣的視野、豐富的體驗，**
**但愛情的極致不是豐富，而是專一，**
**而不斷尋覓的我們，生命的最後，知足是答案。**

再一個中秋節，又一個跨年夜。

匆匆三年，什麼都變。

社群瘋傳著馬英九爭取連任，周美青大加分。盯著智慧型手機，我卻不再傳給你過多的訊息，從你淡淡的回覆中得知，當生活圈不同，許多話語都搔不到癢處。我安靜下來，斟酌字句，知所進退，跟周美青的裙子一樣，不長不短。

離開狡詐的經紀公司，我開始經營自媒體、寫企劃，拍攝了許多人物紀錄片，上傳到社群，一部部影片觀看人次百萬、兩百萬、五百萬，開啟了一個社群流量的時代。

你在幾千公里外，恭喜了我的流量飛速成長。而我在你的家鄉，我們曾相戀的地方，遙望你的收入水漲船高，職位不斷向上爬升。你帶領團隊，完成一筆筆百萬千萬元的交易。你徜徉在錢海，那個你夢寐以求的金融世界。

回頭看，我們走過了好多辛苦的路，也終於開始看見收穫，當初設定的目標，路途逐漸清晰，只要繼續前進，我們肯定，都將擁有當初嚮往的一切。

我們都是平凡的人，卻也都是不甘於平凡的平凡人，在一個只管向前衝刺的年紀，奮不顧身的追逐。

然而我不禁疑惑，在追名逐利與自我提升的路上，真得拋下什麼來換取成功？歲月將我們匆匆推向一趟不斷拾獲與失去的旅途……風浪中漂泊，人海裡奔忙，放任我滯留於某個空無一人的深夜，茫然於人生……我問、我問，**我們該長成什麼樣的大人，才能真正無悔此生、真正的擁有呢？**

前路光明燦爛
我們卻漸漸黯淡
在這人海浩瀚
我們約好一起揚帆
卻又說散就散

我經常在深夜，發現早上給你的訊息，尚未被你讀取。有時間隔一天，有時兩三天，有時看你更新了社群，才知道原來你沒回訊息是在忙什麼。怪了？有空閒更新社群，卻沒有一分鐘的閒暇回覆我。可想而知，緣分已盡，我卻好不甘心。

「對不起，珊，我真的常常沒有力氣照顧這份情感……」

「沒關係你加油，我跟邵爸都很好，不會麻煩你照顧。」**謊話**。

我只能說謊。我若不故作堅強，而讓你承受過多情緒，你就會不要我了。對吧？你的「對不起」好可怕，好像再多說幾次，對不起就會演變成提分手的開場白……

我連哭都不敢，我連不安了，也不敢講。我們都已經沒有正面的話題了，若我還開口就是負面情緒，那這段感情要怎麼走下去？

三年未見，兩人間還能有什麼話題？我只能技巧性的，糾纏著邵爸，但願我還能說出幾句你可能有興趣回覆的句子。

「爸最近學會上網查資料，他竟然會用Google了。」未讀。

「我幫爸的手機字級放大後，他竟然愛上玩手機了！」未讀。

「爸問你過年有沒有要回來？」未讀。

你甚至不再讀我訊息。我只是纏著你爸，逗他開心，聽他暢談他一生榮光與傳奇，他說他曾是最嚴格的海龍教官，他曾被丟在寒冬八度低溫的大海裡，裸身游泳三個小時等候救援，他的人生多的是谷底與重生。

我問他一把年紀了，這輩子還有什麼想做的？

他說他沒有懸念：「該給的都給了，該做的都做了，剩下的都是你們的事了。**除了回憶，人生的最後，沒有能帶走的。**」

「爸你會想交女朋友嗎？為什麼阿姨過世後，你沒再談戀愛？」

「我已經有妻子啦，她是我永遠的妻子。阿雲是永遠的妻子。」

爸笑得好開心。而我和你的距離越來越遠，遠到讓爸開心，是我唯一能為你做的事。又或是，我很自私的，用這種方法來牽制了你，勉強維繫著這段關係。只要我跟爸的關係沒有斷掉，你就會持續與我聯繫，對吧？我算計這些，也是出於愛啊，你懂嗎？

**我相信時間會讓你想通。只要我纏著你爸、耗著，會等到答案。**

爸想到你媽的忌日快到了，而打了電話給你，你立刻就接了。電話掛上後，我立刻打給你，卻沒有接通。我就明白……

你封鎖我了！

所以訊息才都未讀。

我頓時一陣惱怒，情緒像要炸了，雙手顫抖，緊緊掐著手機！

好痛，心裡某一塊突然崩落！

呵呵，你憑什麼丟掉我？
說開始是你，撒手不管也是你。
我這個人，不是你能胡亂對待的……
分不分開，得要我說了算！！！

你別想走，休想。
我已經花了大把青春等你，你憑什麼一聲不響就不要我？
大不了我纏你爸，纏到你想通而回來愛我的那天。
我一滴眼淚也沒掉。
只將邵爸服侍妥貼：「爸你可要健康長壽喔。」我微笑。
邵爸不知邵志偉封鎖我，他爽朗的說：「有體貼的女兒真好。」
我卻有點心虛，沒說出口的是

——**你可別死得太早，我只剩你這點籌碼了**。
揚起嘴角，我演示完美的微笑：「邵爸，這是魚油，對身體好。」

可是……

這是愛嗎？

我感受不到愛，也給不了愛……

只有一肚子的不甘心。

那些昨天已經走遠，那年我們的盛夏，你忘了吧？

世上所有關係都是不完美的
而有些人卻能相伴到最後
有些人卻中途離席
差別只是
你願意跟誰耗到底而已

哪段關係沒有妥協？
你願意跟誰妥協一輩子
那個人
就是永遠

我再不安，只要每週來到邵爸家，我像是服下定心丸。每當我餵食他魚油，就像在為我跟你的感情續命。

**沒有人能懂，我有多麼恐懼「再次被拋棄」。**

**也無人能懂，我有多怕，當說出我的需求、表達我的情緒……**

**會因此把人們推得更遠。**

這個過年，遠方的你正和你爸視訊，爸一如往常叮嚀你：「原本只有我在等你，可現在，家鄉有兩個人等你回來，你多了一個理由回家了，有珊珊多棒啊。」而你沒回應，轉移了話題。

其實我也想見你，卻裝忙躲廚房，我怕，如果你真的說出分手二字，我會不會連纏在邵爸身邊等你的資格也沒有了……？

我的信念是……

**任何愛都會互相折磨。**

**只要確定快樂的日子，比難過的多，就值得繼續磨合。**

**其實相愛的本質，是互相磨損，也不斷相互修補的過程。**

可是我跟你之間，已經沒有快樂的日子了……

我卻為何還想繼續耗下去？

也許是我太想念，太想念，太想念與你相伴的那年夏天。

那些快樂都是真的，值得我窮盡一生，等它重現。

可是我也是人，我也會痛，我也壓抑得很辛苦。

我只能帶著虛偽的笑臉和魚油，耗在這裡。

我的優勢是，你爸那麼疼愛我，只要你爸好好活著，你就不可能跟我斷乾淨。我多想邵爸繼續拖著一條老命，至少你還會因此多看我一眼。或是，我得在他過世以前，尋得另一項繼續牽制你，讓你愛我的籌碼。是什麼？我突然懂了，是你的事業落魄。呵呵，你越是悲慘，就越沒有本事離開我。我突然有了好多壞念頭……

邵爸拿著手機走到我身旁，我見到了你，你說新年快樂時，笑得很尷尬，笑到後來乾脆不笑了，板起臉。再後來，你甚至不想看鏡頭了，側著臉，偶爾才斜眼瞄我們。

**我的假面笑臉也破了**。

「我好生氣，邵志偉，你什麼意思？」

你沒回應我，也沒看我。

邵爸也大概猜到意思了，靜默不語。

「邵志偉你有沒有種啊，搞消失是怎樣？爛人。」
我忍了好久，終於還是撕破了我裝出來的笑臉，我裝得好噁心。
邵爸搭了我的肩，試圖安慰我。
「你逃避的樣子真的很懦弱，像個孬種把你爸丟在台灣，然後只會在臉書上發國外的生活假裝闊綽，會不會太可悲了？」
邵志偉終於開口：「我們分……」
我搶著說：「你閉嘴！我要跟你分手！」

「邵志偉，你可以滾了，是我說要分的！」
手機被掛上。
邵志偉掛了我電話。
竟敢掛我電話？我炸裂了。
我搶來邵爸手機打回去，邵志偉不接。

歇斯底里打了好幾通之後，邵志偉接了。

我大喊了一聲「是我說要分的！爛人！」我掛上電話。

是我掛你電話的，是我不要你的。

突然房子裡安靜了下來，我也突然大哭不停。

我好懊悔，我要不要打回去道歉？

嗚……

「我不想被丟掉，我不想跟邵志偉分手。」我坐在邵爸旁啜泣。

惱怒和悲慟，懊悔與痛恨，交雜在一起……

這些都是痛，沒有一點愛。

**我已經不知道什麼是愛了。**

該好好放下了
當感情不再是雙向奔赴
糾纏已毫無意義

不要把一段關係
消耗到毫無餘地才狼狽離開

若能好聚好散
再相遇時
就還有那一絲可能

邵爸對我說：「就算你們分開，妳都還是可以來找我吃飯，就算妳沒嫁給我兒子，妳也是我女兒啊，志偉管不著。」

我聽完，哭得更加撕心裂肺了。

我好愧疚。

「邵爸我來看你……其實只是覺得……我對你好……邵志偉……就會繼續……喜歡我，其實他早就不……理我了，我只是……在利用你，嗚嗚……邵爸對不起，我跟你兒子一樣都很糟糕……」

哭到話都講不清楚。

「世界上哪個意氣風發的年輕人會老是待在一個六七十歲的老人家身邊？妳以為我笨啊？妳這個年紀的女孩，像妳這麼漂亮的，都出去約會了，哪有陪老人家吃飯還帶保健食品來的啊？」

原來邵爸早就知道我的假面微笑了。

「小偉就是這樣，他從小就很排斥跟人講心事，什麼事都自己藏起來，長大以後，跟家裡也都保持一點距離，說想出去看看。」

「嗯。」我聽著，眼淚就停了，也許是我抱著一點希望，也許我多理解邵志偉一點，我們的感情就還有一點可能……

邵爸說：「妳條件好，到處都能找到其他好男孩。」

我說：「喜歡一個人，又不是看條件的，說不清楚他哪裡好，但我就是喜歡他。我跟他在一起的時候很快樂，是因為現在距離的問題，他專注力放在別的事情上了……」

邵爸說：「妳不用這樣做。去愛惜妳自己。」

邵爸再說：「我對他呢，就是讓他自由，讓他去過他想要的，反正家就在這裡，也隨時等他回來。但妳，我很喜歡妳這孩子，但妳不需要像我這樣。」

爸對待小偉是讓他自由翱翔，並原地靜候，等他返航，把他的快樂視為優先，而非把自己的期望視為優先。

我瞬間明白了什麼。

夜裡邵爸先睡了。我也沒有理由、沒有臉面繼續耗在這裡，離開前，沒來得及準備道別的小卡片，於是隨手從口袋抽出一張工作名片，夾在新年賀禮上，背後寫了：

「謝謝爸，我會好好生活，你也要照顧好自己。」

我們從來無法抵擋時光，它將我們的愛沖淡了，也帶走了所有屬於我們青春裡的事物。

被遺棄的感受持續數月後，某個情緒終於稍微平靜的日子，我去了一趟「老地方」……

我們的老地方：「無名小站」。
人去樓空的無名小站早已停業。
最後一眼回頭望，我去了你的那本相簿，
那本鎖起來的「火車泡芙」。
曾經猜不透的相簿密碼，
竟然在認識多年以後，我一猜就中——wei633。

「火車泡芙」是從你認識我的那一天，你就開始記錄的相簿。

那張寫給你的《紅色高跟鞋》歌詞字條、
那盒泡芙的照片、你偷拍我在火車上睡覺的模樣、
許多即時通的對話截圖、我第一次回覆你訊息時你的截圖，
看得出來你收到我的回覆有多喜悅。

我們的第一張合照、第一次去海邊……
山上淋濕的我們、蜿蜒山路中你牽著我的手……
我好像閉上雙眼，就能回到那年夏天……
你真的很愛我呀，真的愛過我呀……

**我想起愛著你的時候，**
**我想要的，是很純粹的想要你快樂呀。**
**可又是為什麼，我們卻越來越難堪呢？**

現在的你想擺脫我，我若繼續糾纏，
那跟我想讓你快樂的初衷，背道而馳了。
於是我想通了，該放手了。
我們不適合。

**如今我各種手段糾纏，**
**也許不是因為愛你……**
**我只是不想被丟掉而已，**
**被拋棄的感受，是我的死穴。**

被父母丟掉、被你丟掉……
世上的承諾為何都如此容易打破？
為什麼老是只有我最守信、最執著？

你越不要我，我越不服輸，不想放手。

可是回不去了……
曾經我們乘著風，閉上雙眼，
擁有一切的那個盛夏。

我寫下最後一篇，關於我們……

我看見一朵花，
我特別喜歡它。
但若摘下，
它便死亡，
不如讓它原地生長。
而我會經常去探望，
見它日漸茁壯，
我的心也更加寬廣。
一輩子還長，
還有許多地方，
會遇見更多的芬芳。

長大以後
生活會丟給你
鋪天蓋地的負面情緒
人總是忙於處理自己的情緒
而顧不上別人的心情

因此
一段關係的結束
總是猝不及防
你來不及想為什麼
它早已悄悄疏離

跟劉珊分開，回到溫哥華以後，我順利進入投資銀行任職。操盤大筆資產，進行企業及項目的投資分析。

我朝向我的理想邁進一步，但日子卻是從一大疊黑暗的題庫和試卷中脫離，再抵達另一大疊不見天日的財務報表之中埋頭工作。下有助理，上有主管，夾在下屬與上司之間的職場關係，以及龐大的職務壓力，我時常有個念頭一閃而過，這是我要的嗎？沒太多時間深思，下一個待解決的問題，立刻迎面而上。

在溫哥華的日子，其實也不好過，薪資算高，但生活費也高，生活品質跟儲蓄狀況都不理想。

「系統提示：劉珊發布了一張照片」看見妳在台北揮灑一整座城市的夢想，替妳開心。我除了替妳開心之外，我無法做什麼。

幾年下來，我們漸漸變得乏味。每天重複著類似的話題，關心對方的工作、健康、吃飯沒……除此之外，我們沒有太多思維的碰撞。各自忙碌的時光，沖淡了曾經我們相伴的時光。

我和劉珊不再有固定說話的時間，因為話筒放著，兩人也各自忙碌，無話可說。失去了通電話的衝動，不再擁有當初說話的期待感，不再怦然，只剩下一份身為伴侶的責任。

因為責任、因為曾經承諾、因為「應該」而在一起，那是一種束縛，那不是愛了，不是愛？但我愛她啊，我明明愛她，我也真的捨不得，卻又為什麼我卻沒辦法在她身上提起一點慾望呢？

**我發現，有些感情的結束，真不是什麼重大意外的影響，**

**而是時間悄然，使我不自知的，漸漸失去了某些心意。**

見面不再心跳、話題不再有新意，我知道明天的我們會如何，我開始能預料到妳所有的反應，因此不再有驚喜。

我也明白，妳心裡裝滿了和我有一個家的夢想，妳滿眼都是我。

**有時候，當妳越是堅定愛著我，我越是恐懼，**

**妳不明白，接收愛的人，也是有壓力的，**

**怕無以為報、怕辜負、怕虧欠太多……**

**所以寧可現在斷了，爭取一些時間，去自我探索。**

我雖也時刻惦記妳，卻只是因為我是妳的伴侶，所以承擔這項責任，而不再是我打從心底想緊抓著妳。
我厭倦了這空洞不知方向的感情。

有時候，提分手的人，自己也不清楚自己為何要分手。
只是知道現狀是不對的，不是我要的。
我也還在摸索，我常有個念頭啊……

**當我獨自一人，也能感到完整，**
**愛情便成了錦上添花，不再是必需品。**
**況且，進入一段感情，得付出成本，要承受對方、犧牲自由，**
**那我們何必走進一段關係，自討苦吃呢？**

那天的年夜飯，劉珊罵我爛人，搶著提分手。
電話掛上後，我也心痛。
遠距離的這幾年，我早已意識狀態不對，但我不知如何告訴妳，
告訴妳以後，妳會情緒崩潰吧？想到就充滿壓力。
工作已經很忙了，實在沒有力氣多承擔這一點。
又或是說，我不認為告訴妳以後，妳能給我答案。

**世上真有一種分手，沒有第三者，沒有誰背叛誰；**
**愛都還在，就是累了、茫然了……**
**生活令人喘不過氣了，沒力氣再走下去了……**
**只怪我們年紀還小，沒有足夠的心智面對。**

但這一切，我從不曾告訴妳。

相戀時怦然心動，
我將妳高舉於星空，
雙眼閃耀幸福悸動，
誓言著組成家庭的夢，
而如今我雙手輕輕一鬆，
過往承諾全數消失無蹤。

見妳心碎一地的血紅，
我輕飄飄一句——有緣再相逢。

我想最動人的愛
是我們雖相愛
但現在不適合
我卻仍堅信未來
不論再相遇幾次
我們都會重複愛上彼此

變了的是歲月
不變的是青春裡初見你的悸動
和願意相伴一生的初衷

和邵志偉分開以後，獨處是成長最快速的時機，餓了獨自吃飯，病了獨自進醫院，獨自逢年過節。將悲傷都轉化為成長的動能，我拚命向外抓，經營社群、拍攝的短片開創了知名度，遇見合作的出版社、出了書。陸續實踐當初的目標。

這幾年，手機上網的普及，世界已經不一樣，行動支付成為話題，比特幣在歐美廣為流行，區塊鏈在台灣也開始有了聲音。而雅虎奇摩知識＋，也已人去樓空。網站充斥閒聊和非知識性的問答，因而剩下開玩笑和打發時間的用途。我看見魷魚哥更新了一則提問：

「還有人在用奇摩知識＋嗎？充滿回憶的地方。」

沉溺於回憶殺的我，用水獺小刈包帳號打了招呼，跟他說互相贈點數多年，在平台收攤前，把握時間，要不做個朋友吧？魷魚哥打了幾句自我介紹，我卻從文字中感到熟悉，溫哥華、金融業、身高一百七十八，他為什麼那麼像小偉？他就是小偉。

**什麼樣的戀人，歲月難以沖刷，會留在生命中最深刻？不是最照顧你的、最寵溺你的，而是愛最深且傷最深的。我們心裡始終掛念著，那個使我們一夜長大的人。**

我們重新建立了聯繫。

許久未見，這段時光，像是重拾了曖昧期，我們有了新的暱稱，他叫我小刈包，我稱他魷魚哥，我將對話頭像換成一隻戴著魷魚帽的小水獺，我們兩人，都將這隻魷魚帽小水獺設定成手機桌布。我們也保持界線，深怕再次重蹈過往悲劇的覆轍。不期待對方、不要求、不會固定時間通話、沒承諾、沒束縛、沒責任。

我明白他要的就是輕鬆，與人格的完整自由。

幾個月以來，我們試探著彼此，維繫這段若稍微越線就可能再次破裂的關係，故作輕鬆，談天說地，就是不談從前。

你說：「跟我做朋友，是一件很快樂的事。」

這句話暗示什麼我不敢猜，我也沒膽量繼續延伸：「如果當情人，是不是也能快樂呢？」當然，我沒問出口。

**只是我恨死自己的占有慾和嫉妒心。**

**世上有多少人以朋友之名義，陪伴在自己心愛的人身邊？**

**那些一廂情願的委屈、無權要求對方、吃醋了也只能默默隱忍。**

我催眠自己，我要你幸福，以你的幸福為重。

卻也同時在苛待我自己，你幸福了，那我的幸福呢？

看見你幸福我就會幸福嗎？

我的格局不夠，只要想到你身邊若有了另一個她，我會崩潰。我仍是一個有慾望的人，我想要你，我想跟你在一起，但你想要的關係是友誼，我只好繼續以朋友之名，陪伴著你，沉迷於你，貪圖那一丁點未來的可能。

蔡英文就任，一襲素淨灰色套裝，中間的顏色，不躁進的顏色，不鼓譟的顏色，不煽動的顏色，安定民心的顏色，以靜制動的顏色

——正如我們此刻的顏色。不黑也不白，模糊了界線。

政黨輪替，一場轟動的川蔡通話，社群裡的人們，見證著未來將被寫進歷史課本的故事。而關於我們的某些過去，也終於正式成為歷史……深夜，一場能沖刷掉一切的暴雨正滂沱，雨夜，我接到一通陌生來電，警察說在邵雨成先生的存摺套裡，找到一張名片。邵雨成？是邵志偉的爸爸，存摺套裡有我的名片？邵爸怎麼了？

我未曾想過，那次過年和邵爸道別，竟是靈魂間的永別。

看一個人的優點，是喜歡
包容一個人的缺點，才叫愛

想要擁有對方，是慾望
成全對方想要的自由，是愛

限制與控制對方，是執念
尊重對方的人格獨立，是愛

暴雨讓全數班機延遲起飛，桃園國際機場塞滿了候機旅客，我根據警察的指示抵達機場內設的警局。邵爸軀體筆直僵硬，身軀冰冷仰躺長椅上，覆蓋一條毛毯，濕漉漉且渾身散發一股惡臭。

長椅下，地面上一窪水灘，水滴沿著褲襠滴落，濺起漣漪。淡黃色的水窪不像雨水，有股騷味。他們說邵爸帶著一支沒裝電池的智障型手機，攔了計程車抵達機場後，丟了幾張鈔票給司機，錢卻沒付夠，司機追討，而警察到場，但邵爸不記得怎麼回家，問他目的，他說要找兒子，卻不記得兒子的電話。他除了手中的存簿印章、智障型手機之外，其他什麼都沒帶。

灰白凌亂的頭髮，是經歷一番波折。「雖然老伯身上沒有新的傷口，但有許多已經癒合的陳年舊傷疤，我們猜想他可能從哪裡慌亂逃了出來。」警察說。後來他們從邵爸手握的銀行存簿套子裡，找到我的名片。

邵爸醒來，他喊我阿雲、阿雲。

我才知道發生什麼事了……

老家裡的勛章、軍銜、紀念老帽、獎狀，全蒙上一層灰；

陽光曬在老屋裡灰石子地上，搖椅晃啊晃。

邵爸忘記了曾經珍視的記憶，唯一能證實他過往的，只剩下軍旅生涯期間，在身上烙下的無數的陳年舊疤痕了。我突然深感悲傷……

**生命裡重要的事，一旦過去後，若我們忘了，就什麼都沒有了。**

茶飯不思呆呆的凝望著，這算爸平時好的狀態了。狀態不好的時候，會拿著舊存摺跟印章，躲躲藏藏，提防著身邊人影。有時候把我認作是阿雲，有時又覺得我會加害於他。

失智以後，爸經常鬼鬼祟祟，房間上鎖，不知道在房裡窩藏什麼，問話不答，午後，門縫後有光影，是物品被移動的影子。我請工頭在牆上鑽了一洞，每當爸把自己反鎖時，至少我能確保他的安全。而我發現他在房間裡移開床墊，查看床底下的存摺和印章，看似覺得不妥，又把存摺印章改藏在書櫃後，徘徊一陣子，又改將其藏在抽屜裡，就這樣換位置、換位置，不停的換位置。那存摺印章大概是他認為最珍貴的東西。不過也都是舊存摺，早已作廢失效了。

那是爸的保命錢吧？當人在不安的時候，確定存摺裡有錢，會讓人安心一些，至少我還有錢，我還能夠生活。這是當他的意識錯亂時，一定會做的事。

帶著存摺逃亡機場，帶著存摺躲躲藏藏，曾經意氣風發的高階士官，曾冒險的時光，離他好遙遠。

我想起邵爸曾說的。

那年我問他這輩子還有什麼想做的？他說他沒有懸念，因為該做的都做了。他說「除了回憶，人生最後，沒有能帶走的」。
可如今，他連最珍視的回憶也沒有了。

他的意識究竟被困在什麼樣的世界？
他還能否記得曾經輝煌的歲月？
他的愛人、他最珍視的兒子、最惦念的軍旅生涯……
而人活這一輩子，究竟又是為了什麼呢？
所經歷的那些，又有何意義呢？
在生，老，病，與死亡面前，我們好渺小。

苦撐數日，小偉的訊息每天都是謝謝，待他快速善後公司的一切，我才終於等到班機落地那天。多年不見，邵爸家的鐵門被推開，筆挺的深藍色西服、紳士般的氣息，他的歲月正好、意氣風發，和這座屋齡五十年的破屋形成巨大反差感。

小偉回來以後，我才終於明白，爸失智期間，意識究竟被困在一個什麼樣的世界。邵爸快步靈活的竄到小偉旁，一把將小偉拉往房間，鎖上門，鬼鬼祟祟，要小偉把風，而小偉配合做戲，也真的把風，對著牆上的洞小幅度揮手，要我別擔心。見爸翻箱倒櫃，慌忙，叫小偉看好門。爸翻出存摺印章，一直塞給小偉，要他放心出國讀書，不要擔心錢的問題。

「不要擔心，爸爸留這些錢沒用，給你用，這些錢才會有用。」

邵爸的意思是，孩子若能花這些錢，那麼他曾經努力存錢的那些日子，也才都有了意義。那些錢是愛化作形體後的模樣。我才瞭解，**如果金錢的安全感已經被滿足了，在那條滿足線以上，所多出來的錢，若沒有被賦予意義，那賺再多錢也沒有意義了**。意義是什麼？為了身邊所珍惜的人付出，就成了我們餘生裡，生命存續的意義。

他什麼都不記得了，只是還能藉著本能的反應，盡其所能，在最後一絲意識喪失以前，把自己還能給予的，交給他生命中最重要的那個人……

**有些父母，**
**是花上一輩子，**
**榨乾自己，**
**只為證明自己所認定的幸福，**
**是擁有「那一個人」。**
**當父母已抵達生命的盡頭，**
**也還想把餘生裡力所能及的一切，**
**都擠出來愛他。**

人與人之間
為何總要欠來欠去？
父母給你的愛
長大了要還
伴侶給你一百分的愛
你不能只愛五十分

世界上的每個人
可不可以都先去愛自己？
還不清的感情債
不會讓人想繼續愛
只會讓人想逃

家人的重病破壞了你的計畫，正要起飛的你，被親情禁錮，而不得不留在台灣；能時常見到你，令我竊喜，但我卻能感受到你心底有著無限的惋惜。

放棄曾拚搏多年的事業，一個瞬間被迫回到家鄉，你該何去何從？你肯定無法接受較低的薪資行情，難以適應亞洲較傳統的職場文化，能力強大的你，也絕對不會認同僅靠年資換來的職等升遷。

即使被減薪百分之五十，在台灣的金融業，職場文化亦不能服氣一個年紀如此小的經理。你也不甘於被豢養在這階級不流動的小魚缸，台灣的任何職缺，你都看不上。一個月、三個月、半年，你本該氣勢正盛的衝刺期，卻在打理邵爸生活瑣事的樸素日常裡虛度。你漸漸失去光芒，不知何去何從……

你想逃，怕後悔。但留下？又總擺脫不了令人不甘心的犧牲感。眼見你一日一日，逐漸消沉，眼神不再發亮。

陪在你身邊的我，也幫不上任何忙……

房間裡的你和電話另一頭的女人發生爭執，你又拒絕了一個職缺，獵頭公司說台灣沒有企業養得起你的野心你的胃：「眼光那麼高，有本事就留在外面，落魄了，眼睛卻還長在頭頂上？」你待業越久，承受的質疑與誤解越多。

你生氣掛上電話，房門外的我和爸，聽見房內碰撞聲響，是你搥了牆或翻了桌。誰遭逢巨變能沒有情緒？我理解你啊……

走出房門，邵爸晃頭晃腦的說：「和氣生財。」這四個字，我無從判斷他的意識是否正與我們同屬一個時空？

你夾雜情緒對邵爸說了真心話。

「你送我出國的幾百萬，我都還沒還給你，結果我又困在這裡，我怎麼對得起花錢在我身上的你？這種情況，又怎麼能償還那些你投資在我身上的錢？」

邵爸也說著真心話：

「錢不用還，錢就是要給你花，不然錢留著要幹麼？」

「**我不還錢？那我要怎樣才能還清欠你的？那些你為我付出的我要怎麼還？**」喔，邵志偉在意的是那些親情債。

你總在追逐，但時光有限，花時間追逐，勢必放棄些什麼。只不過，邵爸從未在意，他的氣度遠在另一層格局，他未曾因愛而限制你、束縛你；他要你自由，要你幸福。我都懂，你卻不懂。

我懂，因為同是為愛付出的人，

同是漫漫時光裡總在等待的人，所以懂……

**為你花錢、為你付出感情，**

**都是付出的當下，就已然幸福的事。**

「不用還……不用還……」邵爸已無法邏輯清晰說話，他只能表達最直接、最單純的想法。無限循環三個字，不用還。那是他最純真的初衷。為了孩子著想，不為換得什麼。

**原來我們真心替對方著想時，**
**我們付出的愛，**
**竟再不必藉由對方的回應而換得幸福。**

**若你碰巧有心力回應了，**
**那便是我多得的，**
**不存在於我的預期之內。**

**而若你無法回應，**
**我也未曾失望。**

當父母真心愛著孩子，他們沒說出口的是

——我的付出從未枉費，只願你能過得開心，成為你自己。

年輕時
喜歡一個人可以很隨意
只要他有魅力

長大以後
我喜歡你
必須是喜歡和你相處時的我自己

消沉的你，漸漸對人失去耐心，也對社會唉聲嘆氣，你經常抱怨，發怒，再為失控的情緒道歉。

在這趟再次襲來的黑暗期，我只能告訴你，無論如何，我都在。我從未想過離開，即使苦難，你在谷底，但我不會離開。

你沉潛著、蹲著，壓抑著你本該展翅高飛的鵬程萬里。

時光推著我們前進，我推辭了導演的工作，成為全職作家已過一年，我們也領養了一隻貓，你叫牠小斑，日子逐漸落實下來。春雷響起，豪雨灑下，最近的你經常反鎖於房間，你說需要空間沉澱。

又一個盛夏。

約在敦南誠品書店，書海裡你見我寫的小說在暢銷榜上，你說你早就讀完了。相隔千里的那些時光，我們分開的時光，你默默關注我，包括社群貼文、發表的作品，你未曾錯過。

霎時間，我意外驚見你眼神再次閃閃發光。
那光芒，像一株綠油油嶄新的枝枒，我猜必定有好事發生。
我問。而你沒答。只給我看了你手上那一大疊，厚厚一疊的書籍，全是加密貨幣和區塊鏈、程式語言、金融法規相關書籍，你燦爛的笑，一句話也沒說，我卻突然什麼都明白
——你將重生。

你將再次蟄伏在知識的土壤，吸收養分，慢慢羽化，蛻變成金融科技領域的棟樑之材。那個創新的領域、科技顛覆金融產業的領域、風口上的產業，大筆金錢正揮灑的產業，能配上你的野心，對得上你的口味。你真正的心之所向處，能盡情發揮的事業，正閃閃發亮的迎接著你啊……
世界一直在改變，這一絲機會、這份希望，對此刻的我們有多珍貴？我有一點情緒，緊緊抱著你，我不由得放任喜悅的淚水流洩，在書店擁抱了你，你強忍著而雙眼泛紅，還伸手為我拭淚。我說你

一定可以，你不用向我說明，我懂你，我相信你，我認識你，我們認識的時候，你就是埋在書海裡苦讀，那時候日子也好黑暗，但我們熬過了。這次也一樣，我們也會度過，不要怕，我們都不要怕。我提議讓我接下照顧邵爸的責任，作家的生活正是如此彈性，不受地點限制，我可以隨時工作，也可以隨時不工作。為安置邵爸，我們順勢展開一家三口的同居生活。

我們真正相熟，越來越緊密，知曉彼此的各項帳號密碼、存款、生活習慣，甚至你見我將所有存款放在銀行戶頭，你直說慘不忍睹，看不下去。在一個通膨指數比銀行利息還高的時代，你出手拯救我被通膨吃掉的錢財，你教會我理財，使我更務實的正視未來。在你身邊的成長、改變，使我對自己的感受更良好，心底更踏實。

**看見你的跌倒與重生，那讓我充滿能量，**

**你是那樣強韌、不屈服於命運，我也因此被點燃，變得更積極。**

**我喜歡你，也喜歡和你相處時的我自己。**

不過我仍然不曉得，這種室友般、家人般、摯友般的情感關係，究竟是什麼關係？你未曾定義，我也不敢說破。也許現在的距離，不近不遠，最恰到好處……

雖住同一戶家，卻分開的兩間房，兩張床，兩樣生活；同一份早餐，同吃晚餐，互道晚安，再回到各自的房間。室友這般。

壓抑著心裡的某一塊，某個邵爸睡去的深夜，我還是忍不住。客廳沙發上，你的臉頰有淋浴後的水珠，毛巾披肩，頭髮仍濕漉漉，你左手持書，右手執筆，正徜徉於知識之海。放眼那片海，是密密麻麻的專業術語，我將你的書本闔起來。

「我們是什麼關係？我想很久了，你不會不知道，沒有一個女生會無緣無故照顧另一個男生的爸爸，還跟男生同居。」我有點生氣。你一句話也沒說，拽著我的衣角，把我拖到我的房間，伸手指向書架。怎麼？書架？整齊擺放的書本，我細看……

《跟任何人都可以聊得來》

《我的世界你來過》

《在美國》

《一輩子都會用到的職場讀心術》

《起司》

看了書架上陳列的書籍，我毫不猶豫的拉起你的手，你也就洋洋得意的笑了。什麼時候放的？「放好久了我以為妳有看到。」我如果有看到，怎麼會放過你，還讓你一個人睡覺？「我以為妳在鬧脾氣，故意處罰我，就順應妳的處罰，反正我也得讀書。」

我立刻將一百七十八公分的你撲倒，放逐那壓抑多年的愛意，房裡的聲響碰碰撞撞。未闔上的房門，門外驚見邵爸笑嘻嘻的視線！我們故作鎮定站了起來。「不打擾你們，不打擾你們，呵呵，年輕人。」呵呵聲越來越遠，卻很宏亮，邵爸今天的精氣神出奇的很好。

再一個皓月當空，我們相視而笑。

與當年同樣的夜，同樣的月圓，同樣相戀的我們。

你的努力耕耘
現在看似沒有成果
但請不要灰心喪志
你不是沒有成長
你只是正在
向，下，紮，根

你寒窗苦讀，我攜手相伴，而擱置了青春時作導演的夢想，其實當作家甚好，寫寫劇本或小說，也正累積著創作的底氣。更重要的是生活變得彈性，能因應萬難，隨伴侶漂泊無定的性格而擺盪。這正是最美好的平衡啊。

**我們熬過了過往的磨合，而成了適合彼此的人。**

書房裡你深夜苦讀，我見燈泡亮度不夠，悄悄換了一套更明亮的照明系統。見你傍晚總打呵欠，我便備齊了提神飲料在冰箱。你見我頭髮長了，老舊的吹風機總要吹好久，便悄悄訂購一支快乾型吹風機。我們默契的看見彼此的需要。

每個早晨，總見你習慣擠牙膏中段。從前的我，我會二話不說，順手幫你把後段的牙膏往前推。但現在我不同了，我買了兩條牙膏，一人一條：「你不必刻意改變你做了一輩子的習慣。」

浴室裡的馬桶蓋，我以前總說男生弄得尿液四濺好髒，但最近發現清潔度提高了，一問之下才得知，是你自動自發，改為坐著如廁，以維持清潔。當兩人都有體貼對方的心意，生活便平順許多。

你早上隨口呢喃，說了一聲刮鬍刀片鏽了，傍晚新的刀片我已放在鏡子前。晚餐後，我們一起在鏡子前刷牙，你摸了我的頭：「寶貝妳是我的許願池啊？怎麼隨口呢喃的句子都在我不知不覺間，悄悄實現了？」

「不是許願池，我是『還願池』。你對我那麼好，我感受到的好，我都想要加倍的對你好。」我也伸手，想回摸你的頭，你好高，碰不到，你便蹲下來露出一臉燦笑，我輕輕將你嘴角的牙膏抹掉。

**世上沒那麼多適合，全都是磨合。**

想起最初我們經常為了小事爭吵，各自固執。那時你在千里之外，我在台灣，訊息裡總是逼迫和不安，每當電話一接通，明明想愛，卻一開口就是怨懟和爭吵。然而，最壞的情況都熬過了，如今我們懂了彼此的脾性，更懂得愛是雙向奔赴，你退一步，我讓一次。

**「磨合」和「不適合」的區別，在於不適合的兩人間，總會有個人孤單的「單向付出」。而磨合，則是「雙向奔赴」，雙邊的努力。**

我們不再像從前，遇到摩擦就用力爭吵，我們都漸漸變得柔軟，緩緩表達需求，相互體諒，想給對方更好的愛、更多的愛。我們都因為愛，而想成為更好的人。

電視新聞正轉播聚集立法院外人群的喜悅，浩大的歡呼聲，鼓譟著、眾人相互擁抱著。今天蔡英文眼皮子下，婚姻平權法案眾目睽睽，拍板定案。法理上的愛情，不再受性別而拘束。電視上群眾歡聲雷動，而我們看著你信箱裡，收到的面試信函，更是歡欣鼓舞。

美國知名虛擬貨幣交易平台正積極開拓亞洲市場，以台灣為基地進行亞洲區域的扎根；而邵志偉人如其名，總有著奔向偉大志向的心思，追求挑戰與卓越感的性格，早早嗅到傳統金融產業遭受的挑戰，進而朝向金融科技業佈局。

這是你向上狂奔的機會。區塊鏈公司受制於各國法規，也急需傳統金融產業背景的人才參與，需要能同時涉獵金融科技、金融法規、投資整合三種能力值的通才。而你曾在全英語的傳統金融環境任職多年的資歷，近日惡補了多部原文書、自學了程式語言，及十年來腦子裡容納的海量知識，深受業界讚嘆。談到了高薪。

此刻，你重生了。

為你的重生乾杯。台北街頭的無老鍋火鍋店裡，手中青檸冰沙的杯緣正流著汗，麻辣火鍋呼嚕呼嚕沸騰。我們聊起那年初見，便利商店的麻辣燙。

從一碗幾十元的麻辣燙，到一餐幾千元的無老鍋。兩碗之間，相隔著好多故事，有年少的純真，有成長，有我們都眷戀的即時通年代，有愛也曾悲傷。

桌上熬過的湯頭鮮甜，如我們熬過的歲月正甜，涮給你的牛肉七分熟，眼前的你亦有著七分的成熟，成熟而不世故，敦厚而穩重，此刻的我歷練也多，我們已不同往日，都在自己領域有一片天地。

熬過了，我們更成熟了，是不是就能共度餘生呢？

數千數萬次脈動，不論命運使我們分開，或相隔兩地，只要再次見到彼此，都能找回當年的悸動。真正的愛，能抵過時間，抵過分別，抵過那多次傷人透澈的爭執。我們仍然愛著彼此啊……

你說走吧，再去搭一次那年相遇的列車。

我們繼續那趟環一半的環島旅行。

列車緩緩晃晃，廣播聲……本列車開往台東，沿途停靠，松山、南港、花蓮、瑞穗、玉里、池上、關山、鹿野、台東，祝您旅途愉快。我們緊握彼此的手，列車時而奔馳，時而停緩，就是不願放開。

一人一半的耳機。

你推薦一首理想混蛋《不是因為天氣晴朗才愛你》，我細聽詞句「其實我，常會想像我們老了的樣子，左邊牽著手，右手拉小狗，可能還有很多小孩子……」你手裡手機正打字著，我收到一則你傳來的訊息，看了你一眼，你暖笑回應我，我點開訊息……

「和妳在一起，總是如此自然。
我們相遇在晴朗的天氣，也經歷過暴雨。
因為我愛妳，妳能無所畏懼；
因為妳愛我，我才幸福無比。」

閃閃發光的未來啊……
好滿足的現在啊……

該怎麼去形容呢？欣慰？幸福？滿足？
都不足以形容時光在我們之間積攢的故事……
人生這趟旅行，起站是孤獨，旅程是傷痕，而終點是你。
有你，那麼所有一切都沒關係了，有你，就沒關係了。
我微笑著回傳了一則訊息「遇見你，是生命裡最好的事情。」

而後，你的人生，屬於我們的人生
——將風風火火，正式開展。

# 第 三 章

可是生命裡，
多的是擦肩而過。

請珍惜那些年輕時談的戀愛
牢記那些愛到忘了自己的時光

因為過了某個年紀
你不會再為了誰犧牲自己
無法再愛到要死要活了

你被世界變得堅強
強悍到快要認不得自己

後來的我們……當然走散了。「各位旅客您好，歡迎搭乘台灣高鐵，本列車開往南港，沿途停靠……」高鐵的廣播音迴盪，商務艙的乘客不多，空蕩蕩，你在後方，我看不見你的視線。你我之間相隔數排座椅，更隔了一道冰冷的心牆。

時光已經帶走許多事，卻帶不走那些回憶，帶不走複雜的情緒；時隔數年，再次見到你的那一刻，我心底浮現的溫暖、回憶裡記得許多喜悅，記得曾經的好，也牢記著痛與恨，暖流和心裡那道被遺棄的舊傷互相交雜，我一句話也說不出口。冰冷的氣氛，卡住了的情緒，不知該悲或喜，該憤慨或釋懷？

曾經熱絡，我們是彼此這一輩子最熟識對方的人。

曾遙想我們老了的樣子……

牽著手，拉著小狗，抱著小貓，散著步，漫漫長路一起走……

如今形同陌路。過往種種如跑馬燈浮現……

無盡聊天的深夜，每天固定上線的即時通，說不完的情話……

小刈包、水獺、魷魚哥、義美小泡芙、無名小站、紀念著相遇的相簿……甜膩的稱呼、誓言一生的承諾、患難與共的心意……

為何我們竟走到這一刻？

那些年的皓月當空、踏過的海浪、曬過的陽光，相遇的那輛列車，你說過的那些一輩子和永遠……

那些你信手捻來的爛話，你都扔去哪了？

廣播聲再次響起：「本列車即將抵達終點站。下車時請記得隨身行李，注意月台的間隙，謝謝。」

剛剛在月台，你給的義美小泡芙我沒收下。

「有空嗎？找個時間一起吃飯吧。」你開口。

「改天吧，最近正在搬家，新戲也要開拍，很忙。」

你問：「我們的改天，不是一般人的那種改天吧？」

「你說呢？」我快步離去。

列車開門，我立刻離開車廂。

你卻在背後窮追不捨：「劉珊！我還欠妳一次麻辣火鍋。」
我回頭，一秒間。
我大力搧了邵志偉一巴掌，
全身力氣將這幾年的不滿狠狠重擊。
我大聲喊了出來：「你確定你欠我的是這個嗎！」

原以為能無止盡的體諒，終究到了盡頭，成了一股暴力。
列車到站，開門。
忍住淚水，轉身離開。

我告誡自己，後頭的你，
不論是愣在原地，或緊跟在後，
你的自由，再與我無關。

單身並不孤單
愛著一個讓你猜不透
等不著
看不懂
摸不清楚心思的人
那才叫真正的孤單……

你回台灣開展新事業的那年。

虛擬貨幣掀起熱潮，源源不絕的熱錢湧入。

風風火火的日子開展。你開始工作，新創公司的工作負擔極大，你每天將公司發配的筆電帶回家，白天處理亞洲區域事務，夜間是美國區域事務。見你投入，我很替你開心，揮別剛回台灣時的晦暗。

網上一本來自日本的預言書，謠傳著世界將有災難來襲。手機裡〈老高與小茉〉也搜出更多不同國家的預言，都顯示著世界將經歷毀滅性的災難。不久後，新冠肺炎爆發，沒有任何國家倖免。

我看著老高的《地平說》，我問地球會不會真有可能是平的？你一句話也不答。我說：「你為什麼不回答我？」你說：「那種混淆是非的影片我不想裝進腦袋。」

「……」

我不是想要你裝進腦袋。我只是想和你說話，我們好多天沒有好好說話，你一直在忙。我們的相處變得沒有深度、沒有品質，形式上的相伴，靈魂上的分開。這些話我該怎麼說？該怎麼辦？我沒說，沒抱怨，沒潑灑情緒，只是努力再換個話題，不讓生活變成爭論。

電燈泡閃爍，明明滅滅，我到後陽台搬了梯子出來，客廳的你視訊會議，我聽見對方用英文問你，怎麼環境這麼暗？你玩笑帶過。你們繼續會議，我爬上鋁梯，更換燈泡，梯子晃啊晃，我沒有站穩，燈泡摔落，碎了一地。見你在下方即時攙扶了我，我才因此沒跟著燈泡摔下。我說謝謝，而你一手持筆電，一手扶鋁梯，表情很不好。

會議結束後，你不耐的質問為什麼要在你開會時換燈泡？你說你在忙，還要顧我的梯子，我製造了你的麻煩。我道歉。是我沒站穩，造成你的困擾。你甩門關進書房。隔著一扇門，聽見門後你快速換了一套輕鬆的語調，展開另一通電話，那通電話裡，有幽默的玩笑、有輕鬆的氛圍、有體貼的問候……

你換了一張臉、換了一套語氣、改了一副表情。那些你正給予別人的善意，多久沒有出現在我們的關係裡了？

我們再次漸漸疏離，同居的形式，日日相見，卻減少了心靈的交流。我們甚至不太爭吵，因為我知道每當摩擦即將發生，我能嗅到你的脾氣，我能預測你的舉動，而提早退了一步。

呵呵。**付出，真該適可而止，別打擾了別人，又心寒了自己。**

你也察覺了你的改變，你不希望關係有衝突，因而開始不再堅持一些會導致爭執的事情。問你想吃什麼？「妳買妳的就好。」於是我們各自叫外賣，你寧可兩人份的外送費，也要將我們區分開來，不必配合彼此，節省麻煩。對你而言，減少溝通成本的最佳辦法，就是各過各的，不干涉、不討論，最有效率。

遇到矛盾時，你很刻意的忍讓，而忍讓了這一處，你就會在其他地方爆發。當你的工作太忙碌，疏於陪伴我，我因此產生負面情緒，你察覺，你會放下筆電，與我交談，但你其實不甘願。你會在下次我問你能不能分擔一些家事的時候，選擇閉口不言，只是粗手粗腳隨意抹了桌子一遍，留給我一張有油漬的桌面，舉止間傳遞的肢體語言全是不滿。

我很想說破一切，告訴你夠了！

你不滿意什麼？不要對我陰陽怪氣的使臉色，請你就說出來。

突然邵爸喊我阿雲，我才回過神……

爸在看，我們都不想要家裡氣氛差。

其實，若我稍微表現情緒，你會立刻道歉，為了終止我的情緒，那是你的方法，確實我聽了道歉會好些。但那些道歉，從你口中說出，更像機械式的回應，只為了解決眼前的問題，而不是真心想理解我正糾結著什麼問題。

我們之間，許多事情被簡化了，比如，我需要陪伴，於是我們待在彼此身旁，卻可以一整晚沒有對話。比如，我想和你溝通某些我在意的事，你在我話語才剛落下，句子尚未完整以前，就先回答了「好」、「好」、「好」，我提出的任何事情，你都說好。你沒有聽完，但你都說好。那是真的好？還是忙碌的你為了省事，所以什麼都好？

我們之間少了什麼？

然而我沒時間思考，邵爸的精神狀況漸漸變差，身體也出了一些毛病。陪邵爸排了長長的隊伍，台大醫院的病患人海裡，只有我一位年輕人，放眼望去，白髮或無髮，佝僂和蹣跚，這兒名為醫院，卻是滿載孤寂之靈魂，距離生命盡頭最靠近的地方，我感到恐慌……

我再次不知所措的，看見眼前的路，茫茫，茫茫。

其實，你看一個人有多成熟
就該知道，他曾經有多辛苦

從一串人龍結束，換到另一串更長的隊伍，再到下一串，再下一串。數不清的長輩們安分守己，無止盡的排隊。人潮擁擠，卻相對安靜，不知是文化素養的體現？或病入膏肓而難以言語？氣氛詭譎，眾人安靜的在隊伍中緩慢行進，唯有大吼的護理師失去耐心的頤指氣使，命令不知所措的老伯聽從命令。

排隊時，一位老婦人向我問路，詢問一間潮牌服飾店怎麼走。話語間不清不楚，只知道是孫子要她排的隊。她撥通了電話，要我協助處理，我好奇一問，為何要生病的老婦幫忙排隊？「我要上課，那是限量球鞋，她自己說要去幫我排隊的，老人的時間不是時間，老人都很有空。今天兩點以前不去排就搶不到了。阿姨妳叫她直接下樓，我叫了 Uber 會直接載她去指定地點。」電話掛上。

凋零的壽命，他們是世上時間所剩不多的一群人。剩餘的時光裡，耗費在看病、排隊、聽從命令、取悅他人、遵守規則，而無自己。

我多想，若剩餘的時光裡，他們能再一次把握世界的美好、愛的真摯、關係的和樂，那該有多好？

**若餘生，能將時光，都花給自己喜歡的人，那該有多好？**

「阿雲去吃飯，阿雲妳先去吃。」邵爸又叫我阿雲，他要他的妻子先去吃飯，他的意思是他可以自己排隊。邵爸大概是最體貼、最有意識的失智症患者了，但我當然不會把邵爸獨自留在隊伍中。

我們在隊伍裡耗掉整個早晨，離開時已下午兩點。而這已成常態。日復一日，讓人失去了時間感。

天寒地凍的霸王級寒流襲來，台灣正經歷「口罩之亂」，眾人瘋搶口罩，我也得再一次延續日常的排隊地獄，繼續排隊，為我們一家三口搶得保命口罩。我將邵爸放回家，邵志偉在上班。口罩取得，天色已晚，回家。爸竟然不見了。

我和邵志偉整夜的尋找，警察出動了，監視器調閱了，凌晨，接獲醫院通報。邵爸精神恍惚自己到了醫院，他說他要排隊看病。早上才看過，又看？沒人能知道一個失智症患者真實的想法。不過我後來想想，才落下眼淚。他只是想證明他可以自己看病，他大概是不想浪費我的青春歲月，把我困在他身邊……

當邵爸接回家後，邵志偉你一句話也沒對我說。沒有謝謝，沒有關心，沒有辛苦了，沒有安慰。你不明白早上的我們是如何排隊，如何虛度，如何的迷惘，如何面對一整座醫院如一座通往地獄的奈何橋，你不明白放眼望去全是將死之人時，人會產生多深的感慨、多強烈的恐懼感。

你甚至沒怪我把邵爸弄丟。你覺得不討論就不會有爭執。這叫做息事寧人、和平共處。但你等於把心結又打上了，一個又一個結，我們之間，便打死了。

我假裝什麼事都沒有。因為任何關係都會走入平淡，其實這很正常。當高光時刻結束後，平淡才是日常，我接納了你的樣貌，也練習擁抱了這段關係，即使它此刻並非最理想。但因為是你，所以沒關係。

我想餘生是你，所以沒關係。
我想餘生是和喜歡的人度過。

我們不過近三十歲，我可以等你經歷事業的奔忙，經歷人格成長，長成一個願意經營感情的狀態，願意與我一人一半對等的狀態。

醫院的那些，
帶給我一個明白的答案……
我要的是誰？
我要餘生是什麼模樣？

——不過是能在你身旁。

想走過漫長時光，陪你一起成長
抵達歲月的盡頭，我們一起凋零

經過數月的頻繁就醫，爸的身體好些了，精氣神尤佳。面色紅潤，失智狀況仍然反覆，卻能偶爾的侃侃而談。那個午後，我說邵爸的生命也快見底，不如我們在台灣四處繞繞吧，三個人一起旅行，陪著邵爸再看一眼世界。

好景不常，一起旅行的願望尚未實現，某次從醫院回家，邵爸感染了新冠肺炎，我原先慶幸我和邵志偉平安無事，可以照顧邵爸，但隔離病房根本無法踏足，政府規定只有護理師能進，連血親家屬也被隔絕在外。

護理師架設腳架，安排我們見邵爸的最後一面，視訊鏡頭裡，邵爸嚶嚶噎噎沒一句清楚的話。

「**小偉……珊珊……**」

邵爸嘴邊小聲呢喃了我們名字後，揚著嘴角辭世了。

我們無法見最後一面，只隔著螢幕，連遺體也不能見。依規定當日即刻被推入火化場，一把焰火，幾分鐘後，邵爸從此消失於世上。

好科技、好效率的道別。相對於炙熱焚燒之焰火，好冰冷的道別。好落寞的一聲再見。

科技的冰冷，效率的快速，我們尚未接受邵爸離世的事實，因而在本該落淚的場合，竟擠不出一滴淚水，棺木焚燒後，剩餘一罈灰燼，那灰燼是邵爸？毫無真實感。少了綿延數日的喪禮作為儀式，便好似不曾真正道別般，彷彿回家後，他仍在那張吱嘎作響的搖椅上發呆，或擦拭他的榮譽獎章。

這趟回家的路，不言語的我們，腳步走得特別快……

我總有一些錯覺……只要推開鐵門，他就會在。

你像失魂，而我腦袋空晃晃的推開家門……

直到安靜無聲的家中，沒有老人家的呵欠，沒有吱嘎吱嘎的搖椅，沒有碎語。我們才默默接受了事實，原來生命的結束，是這麼寧靜、無聲、孤單的。

我們好久沒有擁抱了。

邵志偉你緊緊擁抱了我。

能再次擁抱，竟是邵爸送給我的。

生命裡那些離你而去的人
並不代表他們消失了
他們只是轉變成了你的能量
永遠住在你心中了

久違的擁抱，這是我們最需要彼此的時刻，
我們心裡都空了一塊……
是不是再不緊緊抓牢身邊還擁有的，
它就會在我們不留神之間，也消失了呢？

小偉說：「死亡的可怕，是因為它將一切歸於虛無，當一個人死了，就什麼都沒有了。」什麼都沒有了？聽他這樣說，我突然想起，很多年前，邵志偉在加拿大工作，我和邵爸吃年夜飯。當晚，我問爸怕不怕死，他說他不怕。

那時邵爸說：「死亡這種事，只要看穿了就不怕。人都會死，死了就是虛無，只要在死前記得所有美好的事物，如跑馬燈般。」我當時回邵爸：「那就是將自己的肉體拋棄，留下意識，意識會穿越時空的限制；當你只剩下意識，意識就自由了，你可以自由穿梭於那些記憶的幻燈片中。」

那個冷冷的冬夜裡啊，邵爸笑著說：「到時只剩靈魂時，我得去一趟十八歲的陸戰隊蛙人訓，告訴當年的自己撐下去。也得回一趟二十五歲，告誡自己省點錢，房子必得買下來，以後能為妻兒安家。再回一趟三十歲，告訴自己專注在事業，別被其他女人誘惑，真愛要等到四十歲，遇見阿雲的那天。也回到四十五歲，小偉出生那天。回到小偉的十八歲，小偉離家那天，告訴自己好好活著，等小偉回家……還有好幾張幻燈片，我要好好體會一遍。」

**人一輩子不過是追夢闖蕩、實踐自我、肯定自己的價值；**
**賺夠了錢、有了生活、安家，與伴侶攜手看世界。**
**遇見愛，珍惜愛，付出愛。**
**這些正是人生的全部，沒其他了。**

邵爸全都做到了，此生無憾。

他跟我說過：「我有一個很努力的兒子，還有一個陪我聊天的女兒，還有一個永遠的妻子。我看過很美的夕陽，帶過好多新兵，還有榮譽勳章，部隊都叫我海龍王。能活到現在，已經很幸運啦。」

從那之後，我常想……

世上所有看得見摸得到的事情，都不是永遠的，只有放在心裡，看不見的溫暖、摸不到的記憶，才是永遠的。我們帶著銘刻於心上的永遠，繼續人生。

邵志偉感慨說：「爸真可憐，他一輩子最在意的就是他年輕時的豐功偉業，結果一個失智症讓他什麼都不記得了。」

「你錯了。」我抬頭。

「錯了？」你也抬起頭看我。

我說：「**爸都記得。他剛剛喊我珊珊呢。**」

他記得這個用軍餉存來頭款的家，扶養邵志偉長大的舊舊的家，記得那些軍功和勛章，記得他驕傲的榮光，記得那些海上的冒險犯難，記得自己的勇敢，記得那些神采奕奕的時光，記得自己的英姿瀟灑……記得年少輕狂。記得愛妻和兒子，記得自己義無反顧的付出，不計回報的愛、成全與尊重，他記得他有個繼承他風骨的孩子，他能揚起嘴角，無悔的走了。

他的跑馬燈裡，一定有這些畫面。

帶著回憶沒有遺憾的離開了。

在離世的前一刻，都記了起來。

我是這樣相信的。

平時邵爸錯喊我阿雲，今天叫我珊珊，我知道他都記得。

所有都記得。

聚散如常，緣起緣滅，世間所有的失去啊，都是自然，
所有有形體的事物都終有失去的一天，
但只要一直被記得，他就會永遠在你心裡了。

如果我們不用力記住離開的人，
他們會隨著時間而真正消失。

所以我們也要用力記得這些啊，
放在心上，就是永遠了。

**生命裡那些離你而去的人，並不代表他們消失了，**
**他們只是轉變成了你的能量，永遠住在你心中了。**

愛了那麼久
時光在你我間
刻下許多故事
看過最糟糕的模樣
走過最坎坷的歲月
我們成了這輩子
最認識彼此的人

經歷生死離別，我們重新審視著人活這一輩子究竟是為了什麼？「小偉，我們應該花更多力氣把握時光，在某天年老時，不遺憾，不後悔。」你說你認同。我想去京都。你笑著說好，你也想親眼看看日本小爪水獺。我們約好了，疫情結束，一起去北方拾楓葉、賞雪。興高采烈的我們，計畫了一切。都去做吧，只願不留下遺憾。

你問我：「妳覺得人這一輩子努力工作、存錢，是為了什麼？妳想做什麼？」我說：「**我想買一個家，讓我安心生活的新房子，建立一個屬於我的根。不論未來流浪去哪，只要根在，心繫著一個地方，永遠都能回家。**」

你說你不一樣：「**與其被房子、房貸給綁住，我更想要四處租房子，不受限的遊歷世界，我想到哪個國家旅居，我就去哪，自由、沒有牽絆。但如果錢都投入買房子，被一個房子給困住，那我的機會成本，就是那寬闊的世界。**」

我問：「那取個平衡？在台北有一個家，但同時可以出去旅居，如何？以我們的能力，努力一點，絕對可以。」

你卻只說了一句「不一樣」。

「什麼不一樣？哪裡不一樣？」我問。

「心態不一樣。」

「什麼意思？」我再問。

你沉默，不解釋。是認為我不懂了。

我才沒有不懂。

你嚮往成為自由翺翔的雄鷹，

而我的提議，等於將你繫上繩鏈，你即使飛得再高再遠，都因我而受限。我所嚮往，那穩固的家，是你的枷鎖吧！

我問：「你要的是與你一同翺翔，對吧？」

「嗯，可能吧。」

「那我就陪你一起流浪啊、旅居啊……」

「不一樣，妳是在配合我，不是妳真心想要。如果可以選，妳一定選安定。」

我解釋：「我只要陪著你，就是我要的，去哪都好。我懂你喜歡的自由。」

你皺起臉，難以啟齒……猶豫了許久：

**「我要的不是陪伴。」**

你冰冷冷的語氣：

**「我想要的是讓我有所提升的伴侶，啟發我的伴侶，帶來思想的激發、讓眼界更開闊的伴侶，而不是那種沒用處的陪伴。」**

「小偉，我有點受傷，你怎麼會說『沒用處的陪伴』？我給你的陪伴，是我能給你的最好的事情。我釋出最大限度的空間，讓你自由揮灑，當你回頭，我永遠都在。**我願意用一生去陪伴另一個人成長，是我給你最珍貴的付出。」**

「妳先冷靜想想，**陪伴是最無意義的，因為任何人只要肯花時間，都可以輕易做到陪伴**。老實說，陪伴對我而言，不是誘因。我一個人也很快樂，我也很適應孤獨，不太需要陪伴。我需要的是被激發、引領我，或和我一起開拓。」

我連忙解釋：「**我給你的陪伴，是很特別的，我們的感情之所以珍貴，就是因為在漫長的時光裡，我們陪伴彼此，經營這段關係，所以感情才變得珍貴**。」

你一聲長嘆：

「**也可能，我這輩子比較適合去『體驗』，而不是去『經營』吧**。」

我沒有再解釋，只是我始終認為，世上許多事情，只做了表面的體驗，絕對無法深刻體會其中奧義，許多更深一層的經歷，若無長久經營，是無法參透的。比如，我們會難分難捨。不一定是因為對方好到哪裡去，而是歲月累積，時光給了我們羈絆，才讓我們成了彼此生命裡「獨一無二的人」。

否則世上任何淺薄的關係、速食的愛、一時的暈船、短暫的熱戀等，都是可以輕鬆被取代的。唯有因為我們一同經歷過時光，刻下歷史，才讓彼此成為無可取代的人。

我不是美若天仙，你更不是世界級帥哥。那年，你只是一個雷鬼頭的愛讀書怪男孩，我也只是一個不愛打扮又大剌剌、傻到爆的工作狂女孩，然而，後來我們一起經歷過的故事，才讓我們之間，從此變得獨一無二。

這便是「經營」帶來的奧妙。
它讓人與人之間，有了分不開的羈絆啊……

許多人在日漸平淡的感情裡感到鬱悶
遇見聊得來的對象
注意力就被吸引走了

可是啊，感情終究歸於平淡
平淡無奇的日常
才是真感情出現的時刻

我相信
當我們熬過了冷淡期
才會發現
世上再沒什麼能讓我們分開了

邵爸的人生，時間停止在他過世的那一天，而我們必須繼續向前。邵志偉的工作馬不停蹄，像是拚命向前跑，想擁抱未來，將悲傷都丟在過去；股市因疫情而劇烈波動，加密貨幣的世界卻一片光明，你比從前更忙碌了。

於此同時，我收到了一封信件，拆封是律師函，前公司將對我提告，理由是我將我過去創作的短紀錄片上傳在 YouTube 頻道，他們認為作品拍攝期間我與公司有經紀合約，作品是屬於公司的，我未經同意進行商用，已然侵權，並要求我支付高額賠償金，或以續約作為和解條件。續約？我不可能回去那趟地獄。

當初簽下我的經紀人不接電話。他委任的律師指稱，我將公司的作品以個人名義上傳，侵犯了公司的商業利益。我問：「那個頻道是我的作品集，我是紀錄片導演，那些影片是我的作品，為什麼我不能上傳？」

電話另一頭，律師冰冷的口吻告知我：「這些影片的創作時間，是劉小姐您隸屬於公司旗下時期拍攝的，依照合約，作品的版權屬於公司。您私自上傳的多支影片加總起來，總觀看人次已超過千萬次，我們會針對這一千萬的觀看人次，推算出您要支付的賠償金額。目前此案已授權我司處理，再麻煩您撥空來律師事務所一趟。」

電話掛上。我翻了存款，辛苦工作多年，存款餘額一百五十萬。請律師要多少錢？打官司要多少錢？輸了又要賠多少錢？請哪一位律師？我沒有認識律師。什麼管道可以接觸到律師？我沒有任何概念。朋友都是創作者，無人懂法律。

求助無門，雙手顫抖，心臟抖動，眼前一片黑暗。

邵志偉凌晨一點才到家。

「小偉今天在忙什麼？」我問。

「最近突然幾款新出的貨幣漲很凶，我幾個同事一天內賺了將近一百萬。但我沒跟到，所以他們請我吃飯。他們看項目的眼光真的很精準，應該是因為我現在這間公司，老闆薪水很肯給，所以請來的人才都是台灣頂尖。他們的想法經常啟發我，跟他們聊天收穫很多，每一次聊完都發現我還有進步的空間。」

小偉脫掉的鞋子一正一反落在玄關、襪子捲成一團球，掉在門廊。

你急忙進浴室沖澡。

我站在浴室門外，隔著門跟你說了今天官司的事。

「……總之就是這樣，第一次遇到這種事，心很慌，壓力好大。」

我滔滔不絕，把完整故事說了一遍，說完，你也洗完了。

「找個律師告一告就好了啊。」小偉簡答。

沒錯，某個角度，確實也可以想得如此簡單。但一個沒有法律常識的普通人，面對這些事，除了承受未知的茫然，還有法律攻防的壓力，以及財產被剝奪的恐懼感，種種不安、心理負擔等，都是經紀公司對創作者的施壓。
但你沒有聽出這一層，確實，這是我的事，你沒有壓力。

走出浴室，你躺上床，刷著抖音，
一則一則鬧騰騰的影片，音量有點大。
「我壓力好大。」我說。
「我也是，壓力好大……」你回答。

「我覺得好累……」我說。
「我也是，很累。」你答。

對話時，我盯著你，而你盯著手機，
你不好奇我的表情，也不想知道我的心情。
深夜裡，房間剩下你滑抖音的聲音。

我坐在床邊，你在我身邊，明明是兩個人，我卻覺得好孤單。

我想起從前，我們隔著即時通文字戀愛時，隔著文字，心卻好近。現在你在我身邊，卻有如不同時空般的遙遠。

時光漸漸帶我看見你最真實的模樣……

熱戀，相愛，爭吵，分別，重逢……

經歷了一切，我們終於成了彼此這一輩子最認識對方的人。

並且，開始承受對方所有的黑暗與缺點。我早就料到，從你在溫哥華跟我提了分手，不接電話，對我的心痛冷眼旁觀的時候，我就料到這將是一場會讓我受傷的愛。那句「左燈右行的衝突[21]」，終究被驗證了，違規右轉的我受了重傷。

---

21 《紅色高跟鞋》，作詞蔡健雅，2008 年單曲。

你不假思索的冷落，製造了龐大的孤單感，令人懼怕。

但這樣的你，是我要走一輩子的對象。當我們喜歡一個人的時候，會欣賞他的優點；但真正愛一個人，是會包容他的缺點的。我們認識彼此這麼深，因為愛，我們必須客製化出屬於我們的相處方式。

我該怎麼溝通，才能讓關係更好呢？

此情此景、如此的互動，我還得面對多少次呢？

想著想著，一夜未眠。

此生
我想給你的
最好的愛
始終是深情而不糾纏

三十三歲生日。睜眼，起床，小聲對自己說了一句生日快樂。早餐，我們之間，相隔一張桌，幾道菜。

桌上婚姻的話題漸漸令人感到彆扭。

「我們住在一起一段時間了，你還想跟我結婚嗎？」我直接的問了。

「我會交往就一定是朝共組家庭為方向啊！」你不慍不火的回答。你不是說「想」，也不是「不想」，而是給了客觀中立、不失分寸的一句話。

我沒有要放過你，旁敲側擊：「客觀來說，我是指一般大眾普遍來看喔。當兩人習慣以類似婚姻的形式同居，如果兩個人都把自我實現擺在前頭，暫時沒有製造小孩的需求，是不是多數人都認為，現階段不結婚也無所謂？」

你聽完立刻反問我：「這我也好奇，婚姻的意義，是兩個人？還是若我們暫時沒想成為爸爸媽媽，就不需要結婚呢？妳認為呢？」你的迴避非常巧妙。

我強調了我的立場：「男女朋友的意義，跟夫妻的意義，在情面上是不同的。比如我得獎、慶功宴，或公司尾牙，我會希望老公一起出席，但我不一定會帶男朋友，因為在別人觀感裡，老公或男友，這兩種身分，在社交上的意義是不同的；對大眾而言，男女朋友有可能會今天不開心就分開，但夫妻的意義，是我們不會輕易放手，這輩子確定了，不換了。」

你說：「不對吧？第一、為什麼要在意別人如何看待我們之間的關係？第二、那麼多人離婚，畢竟契約能綁住肉體，卻綁不住靈魂，會離開的仍會離開。婚姻跟戀愛，都會分開，差別只是分開的手續麻煩度不同而已。並不會因為結婚就比較能一輩子。」

「對，你說的沒錯。沒關係，我不結婚也可以。」

我先暫停此話題，再聊下去將難以收拾。

**「妳說不結婚妳也可以，但我知道那是妳的次要選項。我要的是，在這段關係裡，沒有任何人被迫遷就、配合另一方。」**你說。

「嗯，好，我明白了。」我根本不明白。

當我得失心重了，這項主題討論起來再不輕鬆，沒辦法若無其事、笑著帶過某些矛盾。某些意見不同之處，再也不願一笑置之，而是嚴肅看待了。

婚姻觀念的不同，是我們之間的一根刺。

而我們總想教育對方、說服對方，沒有人聽得進對方的立場。

你認為婚姻會讓你失去原先你對人生擁有的「最開放的選擇權」對吧？

但對我來說，婚姻很單純，愛就結，不愛就不要結，這麼簡單。我們的財產可以分開，就跟交往時一樣；不一樣的是，婚姻代表著「我這輩子只要你，我們是法律保障的家人了」。

你對於如此簡單的事，卻不像你平時事業上的果敢、俐落；你心頭千思萬緒，雜亂而糾結。你拚命抵抗，卻從說不清為何而抗拒？你認為缺了什麼？講清楚，我們可以去補足，你卻說不出。

我猜你心底有一些聲音，你肯定曾問過你自己：

「眼前的妳，是我最好的選項嗎？」

「我若和妳定下來，這樣的生活真的是我要的嗎？」

「我愛妳，但我會想要一輩子只跟妳嗎？」

「結婚以後我要付出哪些成本？犧牲什麼呢？代價我能承受嗎？」

與你相伴的日子從沒白走，我比誰都認識你。太認識你。你的野心放眼世界，是不可能甘願居於一斗室，與我相伴在愛情這麼一個擁擠狹窄，容不下第三人的小小世界。

你要面對的究竟是婚姻？還是你內心對於依附關係的抗拒？對於責任的恐懼呢？我心底有了結語，答案也很單純，是你的心病。我便不再提。

我的沉默是我的包容。愛一個人，會愛他的全部，包括他的缺點。愛一個人，要去理解他愛我的方式，可能跟我想接收愛的方式不同。方式不同，不代表不愛，他正用他的方式愛我，而他不過是有自己生命的課題未解。他的課題是他的事，而我願不願意陪伴他面對他的課題，是我的事。

邵志偉真的愛我，我都知道。比如邵志偉尊重我的個體獨立性，從不強迫我做任何事，不會對我有要求。比如邵志偉總是鼓勵我追求夢想，如果今天有一個事業的好機會落在我頭上，但代價是我們必須分開，他是會接受我去追夢的。

**這就是他愛我的方式，給我極大的空間發展自我。**

**相對的，同樣的愛，如此自由，換個角度去感受，會讓我感覺——這段關係，是不是對你而言，我可有可無呢？**

我也再一次反問自己……

難道要愛到難分難捨、沒你就無法活，才算深刻？

暫時沒有答案。

我會慢慢等你。

等你認識你要的幸福是什麼模樣。

而我等你，所付出的成本，就是做好你隨時可能離開我的心理準備。

若最後等來的，是你不要我了，你的幸福在它方，那麼我會立刻放手。我期許自己，不會怨懟，不會責怪，不會死賴著不走，這是我對自己的叮嚀。即使我深知，我還是會受傷，還是會心痛，還是會在夜裡輾轉難眠、恨透你的無情，跟自己過不去……但我會盡力做到。

你要走，我會果斷放手；

深情而不糾纏，這便是我珍惜你的方式。

不牽絆，是我能給你的，最好的愛。

我有想和你相伴餘生的打算
也有你隨時可能離開我的心理準備

生日當晚。難得你沒開會且我沒趕稿的週末。

「好久沒有一起出門約會了。」我說。眼看窗外車水馬龍的黑夜。妝容呼應夜色而豔麗，特別打扮的黑色連衣裙隨著雙腿而搖搖擺擺。身穿健身背心的你與我不搭，像兩個世界。

許久後你才呼應一聲「對啊」，你手裡的《傳說對決[22]》打不停。

我的手機響起，朋友傳來一些截圖「小偷、侵權、偷竊慣犯、快去坐牢」網路上的輿論血淋淋的攻擊，前經紀公司把戰場從法院挪到社群，官司之外，敵暗我明，他們知道只要能削弱我的意志，他們就能獲勝。於是一盆髒水讓人再也洗不乾淨。我無可奈何，只能發貼文澄清，信者恆信，剩下的交給法院來決定。心想，最壞的打算，是自己站上法庭，坦白說出事實，我若真做錯，就承擔。不怕。只要我還能創作，只要我一直前進，這些骯髒齷齪的事，終有

[22] 2016年推出的多人線上競技遊戲。

一天會被我甩開。我只能這樣安慰自己。生日這天，不要掃興，先吃飯吧。

「劉小姐兩位，座位準備好了，幫您升級到了包廂座位，隱私性會較高。」

再回到那年一起吃的麻辣火鍋店，服務員領著我們。跟在身後你的表情不對勁，你抱怨著等很久很餓，卻沒有要吃飯而期待的表情。我如常點了你愛吃的日本和牛雙份、你喜歡的青檸冰沙、油條、豆皮、冰淇淋豆腐。

我張羅好一切，肉片進滾鍋裡涮十秒，達七分熟的和牛夾進你碗裡。這幾年，你對食物的標準特別高，那是一種品味的展現，吃貨的我完全服氣。放下《傳說對決》的你表情卻不太好。我問輸了是嗎？你說對，網路不好。

牛肉你沒說話，只說湯好喝。我回應說湯可以帶回家，店員會打包一份全新的湯給客人帶回家，這間店的慣例是這樣。「喔，好。」你的話好少。

一頓熱戀時，吃兩個小時都吃不完的飯；此刻竟然三十分鐘我們就飽了。

「你不對勁。你有心事吧？」我問。

「嗯……」你突然反常，露出一抹尷尬彆扭的微笑。

我記得這款微笑，通常是你出糗的時候、心裡不舒服的時候，遇到奇怪的女生的搭訕的時候，你會有這副表情，彆扭、想逃，我見過幾次……

「邵志偉，你快說，我們可以一起解決。」

「應該不太能解決。」

「快點講，我們的用餐時間還有一小時。有很多時間可以聊。」

「妳說的喔，那我說了喔。」

「好。」

鴛鴦鍋正冒著泡。滾啊滾啊，餐廳包廂安靜得剩下滾水聲。

筷子夾著米飯，夾起，再放下，夾起，再放下。

對面的你像個不知所措的小孩，屁股坐不住，在椅子上扭來扭去。

時間拖了很久，火鍋湯要乾了，我熄火。

「外帶的湯底準備好囉。」服務員送來我剛剛吩咐的外帶湯頭。

服務員離開，紙袋置於我們之間，我們沒有對話，包廂裡好安靜。

「我想跟妳分手了。」

「好。」

一秒間，不需任何思考，我立刻答應了你。

表情冷靜的、俐落的、不拖延一丁點的答應了你。

我有和你相伴一生的打算，也做了你隨時可能離開我的心理準備。

而你的表情不動如山，如剛剛一樣，尷尬彆扭，再多了一絲絲脹紅。

手機叫了車，我提起背包，下樓結帳。

你說你要付。

我說不，最後一餐了，我付吧。

你說：「好，那以後有機會我再請妳。」

「不急，欠著吧。」我說。沒說的是，就一輩子欠著吧。

車子來了，我喊你一起上車：「方向一樣，沒必要分開搭吧。」

一路上，我們沒說話；到家了，沒說話。我趕緊整理行李，不是出差工作的行李，而是打算永遠離開這個家的行李。

你在我身後，打開電腦，忙著工作，虛擬貨幣沒有開市休市，它二十四小時，因此你永遠有工作可做。你忙著，我忙著。

關於那句「所有有形體的事物都終有失去的一天」……

我曾以為天變地變，我們能捱過改變，可惜人心難測。

我不變，不代表別人不會變。

我想繼續，我很努力，不代表身邊那一位也同樣願意努力。

所有有形體的事物都有失去的那天。

從擁有你的那天，遇見你的那天，我就一邊擁有著，也一邊失去。

我不斷擁有你對我的熱情，也必須接受你漸漸淡去的新鮮感，

你不再對我好奇、不再想探索我；

也擁有你的愛與承諾，並學習接受你的冷落。

你給我的幸福，都是一時的，我們經歷的快樂，都是當下的，

幸福曲線開高走低，就像一支跌價的股票，終究到了停損的那天。

喔，對。正是你這輩子最擅長的利弊分析和計算停損。

停損點恰是今天。

我的三十三歲，生日快樂。

曾攜手捱過黑暗
共享過光明璀璨
落魄與追夢
蟄伏和成功
生離死別
我們相伴了所有
卻又為何走成了這一刻？

其實我早就想走了。三個月前？半年前？甚至更久以前……待在妳身邊我總覺得自己平庸、無能。

好幾次深夜，劉珊訊息問我怎麼還不回家。我其實已經到家，停車場裡，車子沒熄火，車內吹著冷氣，放空。明明到家了，卻不想進家門。躲著的那一兩個小時，竟然比回家後還自在。我像在夾縫裡，白天面對工作，晚上面對妳，沒有一刻是屬於我自己，我只能從時光的縫隙中，捏出一丁點偷來的時間……

呼吸車上僅存的自由空氣。

我在車上把對人生的不滿意，寫在手機備忘錄裡……

「我跟她在一起到底有多悲慘？跟她在一起我總覺得自己很糟糕。我像個鄉巴佬，像個庸俗的人，每天回到家，我的胃都快打結了……」繼續打，繼續打，把所有的壓力都發洩在文字裡，我必須這樣才能整理自己……

才能再次提起精神面對妳。

一進家門，看見妳整齊擺放的鞋子、一塵不染的擺設，一切井然有序，我連脫下鞋子都得小心翼翼，鞋子沒放對，看見妳在後方為我擺整齊，襪子落在門廊，妳跟在我後方逐一拾起。

所謂鞋子沒放對？對與錯是妳的標準，家裡全是妳的標準。

我辛苦了一天，到了家我也無法放鬆。但不是妳的問題，妳也沒要我改，妳就是配合著我，把我弄亂的地方逐一歸位，我卻一點也高興不起來。

「我常常覺得活著挺寂寞的。」我說。

「我會陪你啊。」妳回答。

「我是說，跟妳在一起總覺得好寂寞。」我再說一次。

「是我哪裡做得不好嗎？」妳問。

「沒有，妳就是做得太好，非常好。」我的語氣加重。

「聽起來很諷刺。你可以好好說話嗎？」妳依然冷靜。

「如果講出來有用我早就講了，不會拖到已經這麼不開心才說。」

我嘆氣。

「兩個人在一起如果不溝通，那只會讓兩顆心越來越遠，最後落得什麼事情都不滿意……你應該有話直說、坦承、我們一起面對，就這麼簡單啊。」

妳又情感大師附身了。

這些事情，我難道會不知道？

我沒回答，妳在小夜燈旁叨叨絮絮……

「你說你很寂寞，卻又不讓我陪，那這個寂寞就是你的問題，不是我的問題。你想想啊，我要處理，你不讓我處理，這是誰的問題呢？」

我躲進廁所。除了車子裡，廁所是我第二個感到自由的去處。

廁所裡待了很久，聽見妳的敲門聲，喊了我一聲小偉。

聽到妳的聲音，總覺得像根刺。我覺得我自由的時光被破壞了。

聽到妳敲門我就一肚子火。我不是不愛妳，我只是覺得很煩，我想要清靜。

妳在門外喊我，我連應門都懶，妳焦急以為我出了什麼事，我嘆了一口氣，緩緩站起來，我開門，見妳慌。小題大作。

不由自主，我再次嘆氣。

「你到底怎麼了？」妳問。

我再嘆了一口氣。到底出什麼事，我也不清楚，就是跟妳說話總覺得窒息。

「沒什麼，我就是需要一些時間休息。」

「你不愛我了？可以直說，我會接受的。」妳問。

「沒有。沒有不愛。」

「我說的是實話，我不覺得我不愛，我只是累，我只是真的需要一個人好好靜靜，想清楚到底什麼才是我要的、怎樣才能達到兩個人的平衡……」我說。

現在分手？我有更好的去處？沒有。

繼續在一起？再試試看吧……

即使我早就想走，但每次看見妳對我的體貼和付出，看見妳見到我時，那快樂的模樣，我總覺得我要是說出分手二字，我就變成一個最糟糕的人，拋棄了全心全意愛我的人，丟下那個帶著誠意，想跟我相伴到老的人……

我辜負了我以前說過的承諾，這些都讓我感到「自我感覺很差勁」。我真是爛透了。

跟妳在一起，我的自我感覺不良好，就算分開，我也同樣自我感覺很差。在一起是平庸，提分手又是個爛人，那我該怎麼做，才能成為我喜歡的樣子？我快發瘋。

妳生日這天，我隨意套上健身背心，轉頭見妳在鏡子前整理儀容，妳換上一套正式的服裝，精緻的打扮，我才發現，現實的對比真殘酷，原來相對於妳……我已經沒有力氣經營這段感情。

如果我繼續耗著妳，才是真對不起妳。長痛不如短痛，我要分手。

前往火鍋店的路上，我再再向自己確認真正的心意。
放眼世間情愛，誰的情愛不是平庸的？
但為何我抗拒這種平庸？
也許我真有毛病。
我得要去見識得夠了，才甘願過如此平庸的生活。

最侮辱人的背叛——
我正計畫兩人共同的未來
你卻早已悄悄籌劃著離開

你的分手一開口，我就同意了。我不是笨蛋，早就嗅到你的迷惘。不過，與你不同，我總以為我再努力一些，壞日子總能熬過，正如從前，再壞的時光，不都被我們克服了？

捲起袖子，我迅速收整行李，顫抖的手，施不上力的臂膀，紊亂的心律，瘋狂撞擊的心跳，我拾起一件件我的物品，盡可能快速整頓，要趕緊離開。

心底有一世界的哀傷，正在猖狂……

即使我想好好再見，但心底卻一股惱火。憑什麼你就這樣把我丟下了？你說過的承諾、你有多愛我，那些句子你還記得嗎？多諷刺啊。

「你確定你想清楚了？」行李收完的我，再做了一次確認。

「是，我半年前就想講了。」你說半年前!?

「那為何你這麼矯情、虛偽，還跟我規劃了要去的旅行、談未來計劃？你半年前就想走？那這半年算什麼？你怎麼可以假裝你愛我？這半年我到底陪在一個多虛假的人身邊？你不愛我你可以告訴我，不要騙我、瞞我，然後突然一句你要走了！那我過去的時光，等於一直是獨自一個人在朝兩個人的未來前進……我一直覺得因為我們相愛，所以很多事我可以退讓，但原來那些磨擦、衝突，是因為你根本不要我了，所以你苛待我、責怪我、折磨我。你怎麼可以冷眼看我一個人喜孜孜的單方面為這段關係努力？你讓我覺得我好可笑。你早就不要我了，為什麼還放我白白努力那麼久？」你不信任我們可以一起解決困難，所以總是選擇不說。獨自承受。

**你打從心底認為你是一個人獨活。所以最後任何事都變成孤獨。**

這算什麼？

你花了半年籌劃的分手，我只花了一秒來接受。

你要半年做心理建設，那我呢？

「我活在你的冷暴力和負面情緒的籠罩下，拚命想辦法延續關係、體諒你。然後當我選擇包容了一切你的缺點，你卻突如其來，在我生日這天，不給我一丁點反應時間，直接將我丟棄，你不管我的死活，只管你自己準備好了。這不是自私是什麼？」

「我不想要讓妳受傷，所以我一直假裝自己很投入。但我真的不能再裝，我太不快樂了。」你說得頭頭是道，我卻覺得虛情假意。傷害了別人，再說你是為他好。這該有多偽善呢？這是一種背叛。我的心臟正在發抖，那是一種被狠狠的刺上一刀，刀尖在血肉裡不斷扭轉的絞痛。

「邵志偉，你是不是因為我能照顧你爸，你才跟我在一起？」我再問。我得確認你就是爛到無與倫比，我才能看清我有多可悲！

「不是。」你毫不猶豫的說不是。

「那為什麼當時你回台灣，我們重逢，你要我。現在明明一切是那麼穩定，你卻又不要我了？」

「我不知道。當時我判斷在那個狀況下，一切都很好，符合當下最好的狀況，但現在我不知道。邏輯上，妳有更好的路，我也有事情要去探索……所以……分開是對我們最好的選擇……」

支支吾吾，又心虛了，呵呵，每一套說詞都心虛。

我決定幫你說清楚：「你只是不愛了，你發現功能性減少了，我都感覺得到，你對我的耐心變少了，脾氣變差了，變得敷衍了。」

「不是，我沒有不愛，我也沒有利用妳，我只是不知道為什麼，妳的存在像是一根刺，我想獨處，我想靜一靜，我不想等我製造出無可挽回的事情後才被迫提分手，所以我現在就要提早處理，預防未來更糟糕的情況。」

「什麼叫做無可挽回的事？」

我問。我問。我再問。你沉默不語。

「我下載了交友軟體。」

「……」喔，呵呵，你終於有句真話。

「但我沒有使用，我就是會看，我沒有回覆任何訊息，就單純逛逛。但我知道，如果我再繼續感覺到這段關係裡有刺，有我解不開的題，我會更不舒服，我難保某一天會做出傷害妳的事，我不要看到那一天。所以我要分手。立刻，現在，沒有談的餘地。」

「我沒有要談。我只是想要死得明白。」

「……」

我惡狠狠瞪著你。

你心虛的不敢面對我，躲在筆電後方，螢幕擋著你的厚臉皮。

你知道你欠我太多，欠到你提分手時，句子雖理直氣壯，眼神的飄移卻露餡，肢體不知所措的慌忙，那些都是你的心虛。

「你不敢看我對吧，心虛了對吧，你知道你虧欠我太多。」

我酸言酸語。

「對，就是因為一直欠妳，所以我才更討厭跟妳在一起。」

你有點被激怒了。

我的付出讓你感到虧欠？因為你無以為報。你根本沒有那麼多心力花在愛情，所以我的付出比你的付出多出太多了，導致關係漸漸失衡……我說：「我懂，我都懂，但我根本沒有要你回報我啊。你只要做你自己，連你不想結婚我都接受了，我沒有要你回報我啊！沒有！沒有！沒有！」我越說越大聲，抓狂揉爛自己頭髮。

「妳的不求回報，本身就是我最大的壓力！因為妳不求回報，那種全心全意的愛，才讓沒有全心全意的我更難堪，如果我再繼續踐踏妳給的全心全意，會讓我自己噁心成什麼樣!?」

我說：「我已經花掉整個青春在你身上了，你憑什麼輕而易舉的要離開？」你只回了四個字：「情緒勒索。」

我說：「這是情緒勒索，這不好，沒錯；但我說的，難道就有錯？**為何你總能如此輕鬆說要分開？你真的愛過我嗎？**」

被拋棄，是我的致命傷。

孤獨到無法讓任何人走進心裡，不信任他人，是你的本性。

你嚮往著一份全心全意的真誠之愛，但當你擁有了那全心全意，你又會想推開。這就是你，總在迴避依附關係的你，我再瞭解不過。正如多年前，你跟我分手的理由一樣，你沒有進步。即使你事業躍升再多，在愛情裡的你，卻一點也沒有長進。所以我閉嘴了，我們不在同一個思維高度，對話便不必再繼續。

只是你知道嗎？
我沒有地方去。

除了這個家之外，
我沒有預留其他的選項。

有你在的地方……
一直是我唯一想去的地方。

我的安全感是
信任著你不會離開我
我的歸屬感
是確定我不會離開你

如果我在你身邊
無法心安自在
總得患得患失
必須做好你隨時可能離開的準備
那我寧可一個人

我提起筆電，向你提出一個要求：「你提了分手，我答應了你。那我也想提幾個要求，你也答應我吧！」你問：「什麼要求？除了復合之外我都可以答應。」你好狡詐，我可沒有廉價到會這樣苦求你。

「我的電腦裡存有我們認識至今，十多年來，每次出遊的合照、生活照、我和你及邵爸的合影，有很多快樂的回憶。原本想著老了可以一起看的，原本想對我們的孩子放閃，原本想著結婚那天剪成影片播放。既然確定用不上了，那我想要你也收著，我不想一個人獨占。我若獨自承攬這些回憶，那太心痛、太不公平了。」這是第一個請求。你立刻說了「好」。

第二個要求是：「**我接受你的分手，但我想我還是會一直喜歡你，直到我能忘了你的那一天；為了成全你希望的分手，我會封鎖你，請你不要打給我，讓我好好忘記，不要造成你的困擾。希望我們都能過得好。**」你猶豫了幾十秒，似乎此刻才感受到我展現了分手的決心，許久後，你說了一聲「嗯」。我當你同意了。

我繼續收拾著行李。傳輸進你電腦裡的影片被你播放出來，聲音聽來是我們在象山上第一次正式約會的短片。那時，我要你找我畫在牆上的心型圈。那年我幼稚的說，你要是能找到我刻畫在牆上的那顆愛心，我就跟你在一起。呵呵。那時真的好幸福啊，一丁點渺小的事物就能感到幸福。

影片的聲音背後，我聽見電腦前的你碎念：「那妳如果談新的戀愛，妳會告訴我嗎……？」你的聲音很小聲，話說在嘴角邊，不像一個正式的問話，我打算忽略這一題，我沒回答，你也沒追問。

我想這個問題，你心裡也知道，**你不該問**。如果你問了，等於表明你還在意我。如果我特別留意談新戀愛要告訴你，等於表示我在意你。既然都在意彼此，又算什麼分開？又談什麼新的戀愛？

我們不會是朋友。也不會有聯絡。這才是觀念最正的分手。你開口的分手，你想要的，我會乾淨俐落，確實做到。

兩個行李箱。多年的感情，濃縮成兩箱行李，我要走了。只帶了生活必需品，和幾樣我難以割捨的，比如你寫給我的卡片、我手寫的日記，和小斑貓貓。

「其他我沒帶走的，隨便你處理吧，我都不要了。」我說。

「嗯。」你頭低著，我看不清你的表情。

「我要走了。」

「嗯。」你的答覆好冷淡。

「照片傳完了，我要走了。」我再強調一次。

「嗯。」

「我真的要走了……」我站在原地，冷冰冰的再說一次。

「嗯。」你也冷冰冰的回應著。

「離開前，你可以再抱我一次嗎？」我不帶情緒的問。

你回應得很慢，空氣凝結很久，你才緩緩站起來。

你走到我身前，敞開雙臂，一把緊緊抱住我。

我將身體向你傾斜，重量靠在你身上，臉頰貼在你胸口……

我感受到你越抱越緊，好像捨不得我離開一樣，越抱越緊……

我才抬起雙手，也抱緊了你。

突然我開口，想和你說話，卻在第一個字剛脫口而出時，眼淚卻掉得比說話還快，一口氣全部傾瀉而出，再也克制不住……

「**你……要照……顧好……自己……**」一句話裡摻插著更多的啜泣。

「**寶貝你要……過得很……幸……福……好嗎……**」我哭著叮嚀你，那些我離開後最掛記的一切，就是你要比我還幸福才行……

「**我想要……妳比我……還……幸福……**」你一開口，也突然的泣不成聲。「**工作加油……小說加油……電影加油……官司也要加油……**」你哭著一直幫我加油。

一直幫我加油，要我過得比你還幸福……

我哭得更慘烈了：「**寶貝……就算你傷害了我，我也還是很愛很愛你，我們分開以後，你一定要過得很好，好嗎？對不起，我讓你跟我在一起的時候，那麼不快樂……**」眼淚全灑在你的衣服上。我好對不起你，為什麼我那麼愛你，卻沒法讓你快樂呢？對不起。

「**不要對不起，妳給我的愛，都是最好的愛……是我有問題……都是我的問題……才讓妳這麼難受……**」

你好努力的擠出笑容，想告訴我不要擔心，你不怪我。你也仍然愛我。但你笑著笑著卻又哭了，微笑著流淚的表情，是心如刀割……

**「珊……我覺得……我這輩子，再也找不到，比妳更愛我的人了。」**

你抱我抱得更緊，眼淚落得一塌糊塗。

我也緊緊抱著你，不想放手：**「我知道，但是你會遇見比我更適合你的人……我希望……你能遇見，一個真正能讓你快樂的人……嗚……嗚……嗚……」**

「我也好希望，妳可以幸福……我也好難過……那個讓妳幸福的人不是我……」你的哭泣聲，我的哭泣聲。在祝福的句子、遺憾的句子間，好令人不捨。

這些拚了命的祝福，使我們的靈魂再次重疊在一塊，

我們深深愛著彼此，深深感受著。

深深的擁抱著，誰也不捨得放手……

我們都努力過了，用各自的方式努力過了……

只是我們都失敗了，只能在分開時，拚了命的給對方祝福。

我有和你相伴餘生的打算，也同時做好你隨時可能離開我的準備，這是我珍惜你的方式，深愛你，但從不願牽絆於你。

所以你的分手一說出口，一秒，我立刻答應了。

我好難受、好受傷，但我只說了一個字「好」。

愛了好久好久，如今我想給你的，始終是深情而不糾纏。如果你認為，跟我在一起的時光，再也不能讓你快樂，那我會祝福你在其他地方找到幸福。即使我仍然放不下，那也都是我自己的問題，你就別管，去尋找你要的人生吧。

我想起你曾問我：「能否接受暫時分手？」我說不能，因為愛一個人，就不會丟下他。多年後的今天，我改口了，因為我理解你了。你還愛著我，只是未來的路太迷茫了，你有你的人生課題，必須自己面對。你有你的路要走，那條路，你不想要有我。

緊緊相擁的我們，終究該鬆開手。

你擦了擦我臉上的淚水，我說：「最後一次了，捏捏我的臉頰吧。」你輕輕捏了我，輕撫了我的頭。「妳要好好的喔。」你對我說。我也揉揉哭紅的雙眼，告訴你：「你也要好好的喔。」

我說：「我不知道沒有你的日子要怎麼度過。」

你說：「把悲傷寫成書，有一天妳就不會再想念我了。」

我答應了你。我們約好，新書出版後，各自情緒也淡了，簽書會上，再次相見……

我推開家門，
拉著行李。

離開了。
我曾經的家。

離開了。
我想一輩子相伴的你。

**從今以後，我的心不再有棲息的地方，**
**於是無論我去到哪裡，哪裡都是流浪。**

你看盡世間璀璨
我嚐過悲傷與黯然
你已是遙望不可及的星光閃閃
還能否聽見我餘生裡的呼喚？

**當我想知道「他到底愛不愛我？」**
**有個問題可以先問問自己——「我愛他嗎？」**
**如果我愛他，那他愛不愛我，就不重要了。**
**因為重要的是，他過得好，我就好，**
**於是，我們就都自由了。**

帶著**「讓我們都自由的信念」**，離開你的那天，我遊蕩在深夜的台北市，不知哪裡才屬於我。後來的日子，睡前掉下眼淚已成習慣。日出，便匆匆忙忙，日落，月升，黑夜襲來，心中的無底洞，迷失方向，空蕩蕩。人生像被按下刪除鍵，一切從頭來過。

太陽升起的時光，很快的被忙碌填滿。寫作、導演、輿論、官司，敵人無盡的糾纏……意料之外，這天我接到一通電話，那篇曾為自澄清白而發布的聲明稿起了作用，官司的谷底迎來轉折。幾位與我遭遇相同困境的創作者，主動聯繫了我，他們也被這間公司以類似手段壓榨。路見不平的律師主動聯繫了我，協助我進行法律諮詢，我們開始搜集證據，網羅證人。

幾次調解後，我們得到了結論：「劉珊小姐在上傳作品時，並未開啟盈利，因此 YouTube 並未使用該影片進行廣告置入，劉小姐只是單純分享作品，雖劉小姐獲得流量、曝光度等商業利益，但因影片畫面右下角本身就有字幕標注了版權來源，及每部影片劉小姐上傳時都有在資訊欄標注出品方為公司，因此並無侵犯版權。」

訴訟沒有展開，經紀人的委任律師主動求和，要求私下和解，賠給我們一筆和解金。我們迎得了勝利。但這真的是勝利？我後來才明白，這場戰爭只要開打，創作者就註定是輸家。站在明亮處的人，就註定是輸了的。

他根本就沒有想告贏我，因為他只要提告，只要製造一些新聞，這場仗只要開打，髒水潑了，創作者就必定受損。大眾不會去關注真相，大眾只在意曾經留在他們心中的印象，只記得被汙名化的部分，不關注事實與清白是什麼。邪惡的經紀人早已計算好，他只要藉此對創作者施壓，他就會贏。他賭我會怕，只要我怕，我懦弱，就有機會讓他藉此逼迫我跟他續約，繼續當他的勞工。

過去的事逐一塵埃落定，而我的事業迎來好多新機會，小說售出了影視版權、新書霸占了暢銷榜第一名、廣告拍攝、紀錄片的製作，一項一項來臨。其實機會一直都在，只不過曾經我的視野都在愛情，而忽略自己仍有能力向上爬升。

被丟下以後，
我拚了命的往前跑。
想要將日子過好，
把悲傷忘掉，
達成目標、實踐理想。
我以為我跑得很遠很遠了，

但每當獨處，
才發現原來我還在原地。
從你離開的那天，
時間就暫停了。

你呢？
是否曾回頭看看那個拚命奔跑，
卻一步也無法向前的我呢？

你……好不好？

你流連於世界之浩瀚
我仍是靜候你的港灣
歲月已軌跡斑斑
卻不見你回應我的呼喊

許久後的某天，我打開iPad，當初登的是你的帳號，和你同步的Apple ID，我還在研究如何重置系統資料，偶然驚見其中一條備忘錄叫做「自由」。

出於好奇我點了進去：「我跟她在一起到底有多悲慘？跟她在一起我總覺得自己很糟糕。我像個鄉巴佬，像個庸俗的人，每天回到家，我的胃都快打結了。我進門前就能預料到她會抱怨不停，跟她在一起我究竟要承受多少壓力？跟她在一起我總覺得自己好平庸、好無能。我真是受夠了被女人挑剔！一個在公司有頭有臉的人，回到家就要被唸、被放大檢視，你說這人生還有什麼意思？我跟朋友相處還比較快樂，那我為什麼又要談戀愛呢？等一下又要笑著進家門，聽她講她的生活瑣事，想到就快窒息。」

看完你的備忘錄，我也感到窒息……

我們在一起的時光，你表現得隨和、配合度高。

你卻壓抑自己，不對我說真話。

你的愛情沒有邏輯，捉摸不定，撲朔迷離，連你自己都不懂自己。
**你明明也很挑剔，卻表現得什麼都可以。**
**但你若不展現最真實的心意，我又怎麼能猜到你？**
**拚命猜卻猜不透的人，才真正委屈。**

當我們有點距離，你才會愛我，你帶著濾鏡愛著我，投射一切美好想像在我身上，真正走靠近之後，被你看得清清楚楚之後，你就沒感覺了。

你總說沒問題，把事情說得很美，走進生活之後，你的美夢被瑣碎的生活打壞。你搞消失，我才知道你有對我不滿，我該有多錯愕？

你卻繼續說你沒有不滿，那你到底要什麼呢？
你嫌棄我卻不會說出來，那我該如何彌補呢？

一味的逃避溝通，因為事情講清楚你就沒感覺了。
可特別奇妙的是，分開的時候，你又表現得很依戀，若在一起了，你又逃掉。你要先去搞懂你要什麼，不是耗著我的時間，卻又愛得不清不楚！一股腦怒與怨懟突然襲來……

一開始，我不確定你是不是我要的，
但因為你堅決著我就是你要的，所以我們在一起了。
後來相處的日子多了，我們變得熟悉，我漸漸有了一個想法：
「眼前的你不管好壞，我都會跟你走的，
因為我們決定在一起了，我就不曾想過和你分開。」
但你卻漸漸的，不再像當初那般堅決了……
你說不適合。你怎麼不先確定適不適合再愛我呢？

我比你更早就知道不適合。
但因為你口口聲聲的決心要在一起，我才一步步磨合……
想把我們變得越來越適合。

當我們什麼都磨合完了，此刻如天作之合，
培養了深入靈魂的默契，積累了刻骨銘心的回憶，
你說沒有愛了，愛也被磨光了。

此刻比生氣更強烈的情緒，是心死得徹底。
我被你備忘錄裡的真心話傷得血淋淋，卻也真死了心。

這一年，台灣防疫在陳時中指揮下滴水不漏，台灣進入疫情最嚴峻的三級警戒。台北瞬間成一座空城，全數實體活動取消、店家禁止營業，原訂的新書發表會終止了，以我們故事為藍本的小說沒出版，沒有變成書，只淪為一份電子檔案。我卻意料之外的，突然鬆了一口氣，我將它移到一個看不見的地方，藏在電腦裡某個不起眼的資料夾裡。

時間真的給了答案？又或是我始終逃避這個答案？
老實說，我不敢見你。
逐漸平穩的心境，有了朋友、有事業、有穩定的生活、沒有愛情，卻有平靜的情緒，我並不排斥現在的自己。

**有一天終於開始習慣**
**記憶裡、生活裡，**
**都仍有你的影子，**
**想念的頻率也沒有減少，**
**卻不會再心痛了。**

**給自己一個笑臉，**
**學會與傷痕共存。**

我仍然想念你，但已不是非你不可了
我眷戀著回憶，卻也能不再抱有期待

疫情三級警戒結束後的某天，我獨自去了那間我們曾一起吃的麻辣火鍋店，你向我提分手的那間火鍋店。青檸冰沙、和牛雙份、油條、豆皮、冰淇淋豆腐。我根本吃不下雙人的分量，卻還是不小心點了你的份。

想起那年與你相遇，我們都正好失業，我的戶頭沒剩多少錢，而你待業中，將近一年沒有領薪水了。但愛就愛上了，熱戀讓我們不在乎那些世俗條件。

第一次約會，我們說好吃「大餐」，結果一起去吃了「全家便利商店」的麻辣燙。你剛從海外回台灣，還不熟悉超商美食是怎樣一回事，卻因此，你從此愛上那些我因省錢而吃的微波食品。

第一個吻，在象山山頂，是麻辣燙口味的。

氣味複雜，卻很純粹，不需要思考太多以後的那種熱吻。

常常我們進行低成本的旅行。
我們搭火車、搭公車，就是沒搭計程車。
我們會挑有浴缸的便宜破旅店安頓，
有次住在一晚五百元的青年旅店，要穿越豬肉攤、菜販，繞行小巷。那個夜晚，我們在殺蟑螂的漂白水氣味中，相擁昏睡。並在鄰居罵小孩的叫鬧聲中，醒來，微笑相望彼此。

二十多歲的我們放浪，在三十歲來臨前，我們如少年少女般，不計後果、不談以後的去愛，沒婚約、沒責任、沒壓力，只有那幾乎偶像劇般的，滿滿的愛。

雖然清貧節儉的日子，偶感迷惘，但大多數的時候，我們都知道
——彼此是塊價值連城的玉石。
我們都走在自己規劃的路途，正經歷著暫時的辛苦。

我既熱愛影像創作，也想成為作家，而你也有你在金融業的夢想。每一次行經繁忙的車陣，遙望如群山的大樓，我們會想像在這座城市有一個「我們的家」，一個讓身心都安頓的，有彼此的地方。

日子飛速，你開啟了你的事業，我實踐了我的作品。

我們一步步終於活進當初目標的生活了。

大城市裡，好多有趣的事、新鮮的人，

我們緊握彼此，就怕不小心鬆手，遺失了對方。

全靠我們拚了命的努力，日子變得不一樣了。我們的「大餐」不再是便利商店六十五元的麻辣燙，而可以享受幾千元的麻辣火鍋。

我們計畫要出國旅行、吃想吃的餐廳、要一起實現的目標清單……

不算豐富的戀愛史中，三十多歲的我們，都是對方心中，最接近一輩子的那一個，我們也是彼此懂事以後，第一次真心愛的人。

財務漸漸自由，生活漸寬鬆，我們開始思考要為對方負起什麼樣的責任？對方的願望是什麼？而我們能不能為彼此辦到？

那天吃著本該最幸福的一餐，你卻毫無預兆，提了分手。你說你仍然愛我，卻開始有找別人試試看的念頭，你覺得世界很大，你還想見識看看，你不知為何自己這樣做，你也很茫然。你覺得心裡裝著這些玩心的你，根本無法帶給我幸福。若壓抑你自己，某天爆發，你會被反噬，而成為最糟糕的那種伴侶。所以你必須現在止損。

你說我沒有做錯任何事，你說我逐漸成熟、情緒穩定，是你遇過最善良的人，也是你最愛的人。你說盡了一切讚美，但這麼好的我，卻是你不要的人。你口中這麼好的我，卻是被你丟掉的。

我傷心，但我接受。你必須去繞繞這個世界，確定自己真正的心意，你說你不夠認識自己，不知道跟同一個人走到死掉的那一天，是不是你想要的，那種一眼望穿的未來？

我答應和你分開。
即使我想陪你一起探索，
但生命裡許多答案，唯有自己獨處才能找到……
也有更多事情，必須讓時間給我們答案……
也許被放生的我，愛不會消失。

也許看遍世界的美好後，你對我的愛還在。
但更高的機率是，愛隨著時間淡去，
記憶漸漸模糊，你有了新的熱情所在。

不管以後如何。生命有太多可能，你不願在太年輕的時候下定論。但如果用一個茫然的姿態與我相伴，你說你的道德感不接受。

你說你只接受你全心全意的愛我，毫無其他雜念、能跟我去同一個方向。但如此高段位的愛，你坦承，你目前達不到，但你確信有一天你會達到。但那天來臨時，你不敢確定，我們是否仍然相愛？或就只能錯過呢？

這幾天我一直想，如果我們不是相遇在二十多歲，而是三十幾歲才相遇，你已體會世界的豐富，是否就能一起安定下來？攜手走完一生……？

我們曾是最相愛、生活最契合、最有機率白頭偕老的兩個人。但當你開始要努力壓抑自己「探索人生更多可能」的慾望時，我們的心就斷聯了。

始於一碗便宜的麻辣燙，
也結束在一鍋昂貴的麻辣燙。

兩碗麻辣燙之間，經歷的那些
原以為是堆疊著革命情感，堅不可摧的厚度。

可不曉得……
原來其中一個人，老早在跟外面的世界拔河。
這個拔河，是不是一種靈魂層面的背叛呢？

可不可以，回到那年，寒冬夜雨，
請你第一眼就告訴我，你的靈魂還不安定，
我們就不會相擁，
我們不會牽手散步，
我們不會見家人。

沒有怦然，
不會深愛，
不會有那麼深的思想交流，
不會融合彼此、計畫未來，
不會拚了命把全部的自己都給了對方。
然後才在分開的那一刻，
發現給出去的愛，怎麼樣也收不回來。

不會走到今天，我們什麼都擁有了，
唯獨失去了彼此。

可沒有如果，
我們注定相愛，也注定分開。

只好再一次認清，

感情本是如此，多的是陪你成長的人，
而不是與你相伴到老的人。

你永遠不知道，此刻陪在你身邊的人，
他的靈魂乾不乾淨？他夠不夠認識自己？
他會不會在對你說了一千次我愛你以後，
突然愛上別人？
沒有人知道。
只能一直受傷，一直面對，直到終老。

茫然無助的我，沒有方向，只能繼續相信，不管再遇見誰，仍要給
對方百分之百善意且「心意堅定的自己」。

分開那天，我們相擁而泣，
太努力卻於事無補，只能拚命的給祝福。

要你一直記得，我希望我們在一起時，你是快樂的；
如果你的快樂不再是因為我，那麼我會讓你自由的，去尋找你的幸福。

不要愧疚，我不曾怪你，因為我理解你；
我們仍是彼此生命中，最認識對方的人。
即使分開了，也願意包容正承受的傷害。

曾許的承諾、該扛的感情債，都別管；
受的傷，我會自行癒合；
很痛很痛，但還是謝謝你。
我們是彼此，此生，第一次愛的人啊……

……

隨著官司結案、和邵志偉分開，我的人生像被清理乾淨了；
接受了單身的事實，專注於面對獨自一人的生活。

如今，我實在害怕回到那些愛到忘了自己的時光。
現在的我，將愛都留給了自己，事情終究該過去了，我得向前看。

我很好，不算開心，也不再不開心。
偶爾空虛，但不再對愛伸出手，不再想被誰找到，這樣也好。

看著手機桌布，水獺戴著魷魚帽；
與你一對的手機桌布，我還沒換。
冰沙靜靜融化，和牛熟透了。
我們沒再聯繫了。

# 第四章

是誰依然想念？

人海裡浮沉漂泊
看盡人間煙火
才知最珍貴的曾已擁有
也早已錯過

我說我們的錯過
都是必經之路呢
若沒有比較
又怎知誰和誰最適合？

和妳分開後，去了哪裡，都像流浪……
心沒了棲地，我失了根，飄飄蕩蕩……

我們一對的手機桌布，我仍在使用。
戴著魷魚帽的水獺，和當年相同。
和妳分開後，幾次犯賤，我點開妳留給我的那些照片。
去過的海灘、爬過的山、接吻的山頂、和爸的合影……
我遇過許多新對象，嘗試過，卻沒有一個深刻……
原來心裡已經裝滿的時候，真會再也放不下。

離開妳以後，時光飛快而我來不及思考，它在事業的衝刺期匆匆流走，當我再次停下腳步檢視人生，我已經什麼都擁有了，象徵地位的藝術品、錶款、帳戶大筆的進出。見數字來來去去，以金錢為目的接近我的人，也來來去去。

我經常想起那些年，單純的妳，簡簡單單的我們。

妳很努力的讓自己財務獨立、生活獨立，就不需要倚靠我。妳努力排除經濟因素，只為讓妳愛我的時候，是純粹的、不夾帶金錢目的，**多年來，妳索求的一直是愛，是我對妳的在乎。**

火鍋沸騰。時隔幾年，同一包廂。劉珊的短髮俐落清爽，銳利的眼神、落落大方的氣質，和過去的溫婉有巨大的落差，渾身冰冷的氣息，像一座結界。這幾年，拚搏於事業的妳，似乎成長了許多？

妳的心是否痊癒了？是否有個人正守護妳了？

妳就坐在我眼前，好多過往的回憶洶湧而來，那年的便利商店麻辣燙，那年的麻辣火鍋。座位上，我趕緊把工作電話結束，掛上，我抬起頭，正想和妳聊聊我想念的那一切，與妳曾經幸福的一切，卻見妳已點了滿桌和過去相同的食物，全是我習慣的食物。妳還記得。

代表妳心裡還有我的位置嗎？我又該如何試探妳呢？

問妳：「最近好嗎？」妳卻說妳讀了一本關於水星的書，讀得很有收穫，接著跟我聊台北市政、新上任的市長、總統候選人……妳侃侃而談，落落大方，什麼都聊，就是隻字不提任何關於我們。

「過那麼多年了，還能見到妳，其實我挺開心的……」我想向妳坦白我的感觸，我想告訴妳其實過去的我們，那些時光，快樂真的占了大多數，我時常回味那些幸福。妳卻扯了一堆星球之間的知識……

「我剛剛說的那本書啊，提到說水星是宇宙裡距離太陽最靠近的行星，但也因為最靠近，靠得太近，所以它星體上是沒有水分的，沒法長出自己的生命，它終其一生環繞太陽，因為環繞的軌跡固定，而無法真的和太陽融為一體，無法融合、無法遠離，使它因太陽而滅亡。又比如地球，它與太陽距離適當，而能運作其生命，星體有藍有綠、有海、生命。生生不息。」

水星、地球、太陽、生命體……妳陰陽怪氣。
那些星體的故事，比我們之間還要重要？

妳與我暢談，妳微笑禮貌得體，笑得溫暖卻有距離；
妳聰明的用一個個不痛不癢的話題，與我保持距離。

妳拿起手機，說接個電話，離開座位，走到店外，我跟上前，見窗外的妳聊得燦爛。妳有對象了？我稍早的通話在座位上快速處理，坦蕩蕩，妳的通話又為什麼需要到外頭呢？

是否時光殘酷？
它讓分手的痛漸漸淡去，也讓愛逐漸消失了。
和妳談笑風生，話卻都談在表層。
想想也對，我只是妳的舊友，沒有資格對妳做什麼要求。

我原以為，分開多年，我已經沒有包袱……

卻在此刻，發現最想問的一句關於我們，卻沒臉說出口。

妳吃妳的，我煮我的，我卻食不知味。

腦子裡運轉其他能套出妳更多資訊的問題，如何不失尊嚴的自然開口？

我看妳擺在桌上的手機，於是問了：「妳手機換了啊？」

「沒有啊，號碼用二十年了。」

「喔不是，我是說妳這是新款的iPhone。」成功套話。

我因此有了理由，拿起手機，撥打妳的號碼，藉此順著妳的話題，確認妳的號碼沒換。「轉接語音信箱，嘟聲後開始計費……」我說奇怪？妳的號碼打不通。妳說妳分手後把我封鎖了。

「喔！但既然已經是老朋友，那……」我暗示妳。

妳接到暗示，立刻把我解除封鎖。我的第一個目的便達成。

於是我接著問：「妳……搬了新家，還是黃金地段，那個物件一戶幾千萬台幣，拆算貸款後，頭款也要一千萬，壓力這麼大，妳很不簡單。我很替妳開心。」我起了頭，目的在後面。

「謝謝，一直想有個家，現在終於有了。」

妳說「家」？一直想有的家，如今有了？

「妳的另一半出了多少錢？」

對，我只要這麼問，就能知道妳是否單身了。

「我什麼人物？當然靠自己買，如果另一半也出錢，那房子就是共有的吧？你應該記得我一直很努力想要有屬於自己名下的房子。」

妳的回答好模糊。

只表明是自己出的錢，卻沒有針對是否有另一半做澄清。

我再套一次。

「妳一個人搬家嗎？這樣很辛苦吧？妳男朋友沒有幫妳？」

妳吃下剛燙好的牛肉一邊說：「怎麼會是一個人，我怎麼可能自己搬……」

好吧，心裡突然一陣失望。妳有人了。

妳吃著、微笑著，妳涮肉的舉止，仍維持著滿分的氣質。

空氣突然變得安靜，我的眼前灰濛濛。

「……搬家公司這麼便宜。」妳再說。

搬家公司!?

我瞬間一驚。「所以是搬家公司？不是男朋友嗎？」我著急的問。

不小心失了分寸！

妳睜大眼睛看了我：「什麼意思？你這麼在意我有沒有男朋友要做什麼？」

妳一臉壞笑。

完蛋了。心思都被妳看透了，好糗。

一個把妳丟下的人，如今有什麼資格執著這些？

「喔不是，我是想問，妳都自己睡嗎？」我又說錯話！

「不對，我的意思是，妳還一個人住嗎？」不不不！不該這樣問。

「啊不對，我是說，妳這樣一個人住危險，生病了也不方便……嗯……我是說……嗯……沒事，就是關心一下老朋友。」支支吾吾的我已經完全亂了套。

妳再次一臉禮貌的微笑，揚起嘴角，劃出我們的距離，只說了一句：「**謝謝關心，我現在很幸福，一切都很好喔。**」

聽見妳很幸福，我卻有點惱羞，一瞬間沒了胃口。

明明當年分開時，我拚了命的為妳祝福，想要妳過得好，要比我更好。卻又為什麼？如今知道妳幸福到吃飯全程都在微笑，我卻心如刀割？

我緊抓著僅剩的自尊，
再沒資格前進一步。

妳溫柔的舉止，端莊的吃相，毫無眷戀的樣貌，若無其事。
妳的若無其事，正是對我最狠的報復……

但妳知道嗎？這頓飯最令人傷心的，不是妳的報復，而是

——**我已經成為更好的人了，但妳已經不在這裡了。**

我以為確定愛是否會一輩子的方法
是測試它、丟掉它
讓它經歷更多考驗
偏偏愛禁不起考驗
每一道傷痕都是消磨
最後把愛磨到一點不剩

然後我說
看吧！世上沒有一輩子的事啊……

其實，你相信什麼
就會驗證出什麼結果吧

妳何必報復我？我所做的那些，雖然傷害了妳，但也不過是當年懵懂。我說過我愛妳，就算分開也還是愛。然而妳沒察覺，我也有我沒說出口的不安……

「你呢？有對象嗎？」妳喝下青檸冰沙，淡淡的問。

「嗯，是有過幾個不錯對象。」假的。根本沒有，其實從分開後，我根本就放不下妳。嘗試的新對象，每一個在我眼前的人，全是妳的影子……

「哦？那你很寂寞吧？不然怎麼這麼關心我感情狀況？」

妳的發問刺激了我，寂寞？我可不想讓妳覺得我過得不好。

「不會啊，不寂寞，到處玩玩，挺好的。」

假的。其實一個人生活很寂寞。

但我的自尊心讓我說了一連串的謊：「可能是我太風流浪蕩，定不下來，妳也知道，我一直是這副德性，只顧自己到處闖，讓女生很不安吧。」

就這樣，我只好不停掩飾自己離開妳以後的落寞，以免在妳巨大的幸福面前，顯得可悲。偽造了我浪蕩的假象，其實我根本對妳放不下。

「你這四處漂泊的個性我理解，但你已經在跟我這段裡，錯過一次了，現在還這樣？是不是有什麼不能克服的？邵志偉，你說說看吧，我這麼懂你，肯定能幫你度過。還是說……跟我分手，其實讓你打擊很大？」

妳的說詞一字一句戳中我的弱點。

「才沒有什麼打擊，妳不用替我擔心啦。妳認識我，知道我並不是脆弱的人，更何況情侶之間分手，又不是離婚，這種程度的事情，還好吧？愛情不就都這樣？」假話。

「假的吧！哈哈哈！」妳一口拆穿我，還笑得高高在上。

「真的。」假的。

「我何必騙妳？」為了我的自尊心。

「我從來不會對妳裝模作樣。」以前的我不會。

其實和妳分手、丟下妳，是我做過最錯誤的決定，如今根本成了我的陰霾。

我看似剛強，其實脆弱得要命。妳封鎖了我的聯絡方式，我無法聯繫妳，但我仍然潛水在妳的粉絲頁，關注著妳的自媒體。

這一切，我絕對不會告訴妳。

妳顧左右而言他：

「你有發現這間店湯底味道變了嗎？裝潢也換了。不曉得是不是換了老闆？」

「喔，被妳一說我才發現，過去的事情我都記不太清楚了。」假的。

「欸，邵志偉，你老實說喔！我對你而言，很難忘對吧！」

妳半開玩笑的態度讓我不太舒服。

看見妳越是幸福、越是得意，我越是惱怒！

「我這麼健忘的一個人，哪會記得這些事。」假話。我硬是假笑，笑得好僵。

我什麼都不在乎，什麼都不記得，我不在乎這間餐廳換了裝潢，更不在乎湯底味道變了，也不在乎妳換了的髮型、變了的氣質，更不在乎妳有沒有對象。我都不在乎。假的。

我好生氣，為什麼妳過得幸福了，還要答應我的邀約，和我吃飯？

為什麼要讓我誤以為我和妳還有希望？

我說了一堆謊，只為了暗示妳——我根本不在乎。

妳不必可憐我，不必有所牽掛，不要對我同情，也不需要高高在上。

「我真的過得很好，妳不用想太多，謝謝妳今天讓我還了欠妳的一頓飯，好久不見了，還真的有點不習慣。珊珊，我祝妳幸福，好好珍惜妳的另一半。」他應該很愛妳吧，妳才會活得如此閃閃發光，舉手投足都耀眼動人。

妳沒有回答，只是認真聽著我說，臉上掛著同樣禮貌的微笑，界線依然明確。

「珊珊，我們以後還是別聯絡了吧，妳那邊應該不太方便。妳也別誤會，我沒有牽掛妳，剛剛真的只是出自於對老朋友的關心，妳如果不自在，那就忘了吧。」對，忘了吧，把我複雜的心事和對妳的執著都忘了吧。

我除了祝福還能說什麼呢？請妳忘了今天這場笑話。

結帳。等車。

馬路邊我陪妳等車，卻背對背，我們沒再說話。

入冬的風微涼。

我內心正在崩潰，凌亂的情緒，亂了套的自尊心令我厭煩。

妳的車來了。

上車前，我向妳說了一句再見，妳卻突然瀟灑的丟下一句話：

「我也跟你一樣，還單身。晚安。」

妳洋洋得意，搖著尾巴。

像一隻目中無人、昂首闊步，翹起屁股的貓。

妳關上車門，我愣在原地。

妳的車向前行駛，我不自覺的追著車，向前跑了幾步……

追不上。止步，停下來。

單身？單身。看著車漸漸開遠，我竟突然像個傻子，在熙來攘往的

街道上，開心的笑了起來。

站立路旁呆愣傻笑……
那年初見妳，往台北的自強號列車上，關於泡芙，妳的糗事；
今日再相聚，餐廳裡，卻是妳捉弄了我。

**好多事都變了。**
**妳一改曾經的天真傻氣，變得溫柔而氣韻成熟。**
**我竟也厭倦了漂泊，不再浪蕩。**
**我們都變得更適合彼此了，對嗎？**

分開的那年，我有好多的藉口，
耽誤人生、耽擱夢想、浪費掉最該衝刺的歲月，
我說我們要去追逐，而非停留。
如今，我們什麼都有了，是不是還能把愛找回來呢？

時間不會治癒一切
歲月只會讓我們不再掉眼淚
但它無法抹滅傷害曾發生的事實
可你要知道，再傷心的過去都不重要
過不去的過去，才是致命傷

火鍋沸騰。時隔幾年，同一包廂，邵志偉的臉龐不再稚氣，韻味成熟，像個可靠而精緻的大人，身上淡淡的香氣，和髮梢的定型噴霧氣味融合一起。

工作電話。你的手機頻繁聲響，話題高端、艱澀，並非凡人能觸及。

你接電話的那隻手，腕關節處晃著一只海藍色齒輪的限量錶款，那是有錢也難以購得的款式，說是錶，卻更像是被仰望的藝術品，該品牌只為特定的人脈圈保留。你戴的不是錶，戴的是地位。

你已是金字塔頂層的人，你站上去了，被眾人仰望，你高高俯瞰著社會的運行，你也散發一股高高的自尊心。

見到你，我百感交集，愛恨交織……

先是想起過往的風光明媚，與你相伴的那些晴朗時光……

再來我們為彼此撐傘，誓言相伴到老，風雨無阻的攜手前進……

我總是在等你，我總在等待著你。
你漂泊，我守候；你闖蕩，我安家。

後來，時光讓你變得迷惘，也讓我懷疑著自己的付出。
後來那條備忘錄，你寫下的怨言，讓我為自己感到一文不值。

那些悲傷的時光，我是怎麼走過來的？你又有臉出現在我眼前？
心裡惦記著你的好，卻有更多的不滿、怨言，
我的委屈誰來彌補？你累積給的傷害，欠我的要怎麼還？
我們還能重來？還敢重來？

你掛上電話，你按下靜音鍵，並將手機推向桌角，螢幕向上。
你說不能讓工作打擾我們，我看了你的手機螢幕一眼，給了你禮貌的微笑。

「手會痛嗎？」你問我；「臉會痛嗎？」我問你。沒等你回答，我說桌上的肉自己煮喔。我吃下一片全熟牛肉。青檸冰沙舉起，喝下。剛趁你講電話，我已點好一桌食物，雙份和牛、油條、豆皮、冰淇淋豆腐。我若無其事，我不恨，我根本不在乎，我大器得要命，那些你糾結的事，對我完全如雲煙。假的。

你問我最近好嗎？我說正在讀一本關於水星的書，讀得很有收穫。我不再是你的水星，不再靠你那麼近，所以我可以好好生活，不被你燃燒殆盡。地球和太陽的距離，不近不遠，剛剛好，這便是我們的距離。

你言談間設法向我接近，我一早看見你調靜音時的手機桌布，那隻魷魚帽的水獺，我便猜到你的意圖。我的手機螢幕向下，你套我話？新款的 iPhone？你想要我解除封鎖？意圖太明顯。下一步是確認我單身，再來是提出交往的請求？你每句話的目的性展露無遺。

你就是放不下你的自尊心，要你承認你丟下我卻後悔了，跟我道歉很難嗎？我決定好好的教訓你。我假裝通電話，走到戶外，演一場暢談甚歡。

我和你聊時事，就是不談你想戳破的情感話題。你想套我話？我就讓你誤以為我已有伴。哈哈看你失望的神情，還真是有趣。你越是惱怒，我越要微笑，讓你更清楚知道你有多可悲，氣度有多狹窄。你就繼續活在懊悔中吧，這是我對你背叛的懲處，稍作報復。

那麼刻意描述自己的浪蕩，有夠可疑。你說你不記得這裡的裝潢、不記得你最愛的火鍋湯頭，過去的一切你都不清楚。這謊說得此地無銀三百兩。

「欸，邵志偉，你老實說喔！我對你而言，很難忘對吧！」我知道你最看不慣我高高在上的姿態，你不喜歡屈身弱勢，我就得意給你看。我確實過得比你幸福，我有說錯嗎？

你說我們不要再聯絡了。

還在逞強，呵呵。

上車前，我瀟灑的丟下一句話：

「我也跟你一樣，還單身。晚安。」

車窗外你追著車跑，我正是想看這一幕，你繼續期待吧，繼續忐忑吧，猜測我的想法吧，正如你過去總是不對我坦白，讓我猜、讓我等，你可要好好嚐嚐這不被尊重的滋味。晚安。

有時候我會想
你傷我傷得好重
要是你願意花一輩子來彌補
那我也會賠上一生來原諒你

我的若無其事，我的毫無情緒，我的不在乎……
正是我對此刻最在乎我的你，最狠的報復。

你的訊息來了。重壓[23]，不點開，你不知道我是否已讀。你也不是省油的燈，不再傳文字，而是傳來語音訊息，考驗著我的好奇心，我要是想知道你傳來的內容，就必得點開來聽。你在測試我吧？想知道我在不在乎？

我不蠢，我知道，我比誰都在乎。
我若是不在乎，我又為何要處心積慮的假裝沒有情緒？營造這些報復？你在乎我，我又何嘗不是最放不下你的人呢？

---

[23] Line的功能，在訊息上重壓即可看到訊息內容，對方無法得知是否被已讀。

真正的放下，是打從心底的不在乎了。可我從來做不到，我就是在意，拚了命的在意，一如從前，猜你的心、設我的局。此刻，我卻不敢再前進一步，要是再重蹈覆轍，我才會真恨透了我自己。

回到舊家。我終於鼓起勇氣，整理那些小偉曾寫給我的卡片……

「我想最美的愛情就是，和妳一起慢慢變老。」小偉親筆寫下的手稿。

**【第一篇 我的愛情遲到了】**

「我想如果是妳，晚一點遇見也可以。」

這天，不知道無限循環播放了《紅色高跟鞋》第幾次，真的沒辦法，心跳還是跳得好快！都成年人了，怎麼會搞得像第一次談戀愛一樣？

看了一下時間19:28分，快來不及了，天！今天怎麼這麼多尿……

上完第二次廁所後，我跑得衝上和妳相約的廣場。

19:30在101大樓下，我找不到妳，我大概在腦海裡排練了一百次，我要衝上去把妳整個抱緊，再舉起來，嗯！這樣抱妳應該最合適！

原來有一天，我會遇到一個人，讓我笨拙的，想把我全部的溫柔都給妳……

19:32我在LOVE雕塑前，等不到妳……

「妳在哪裡？快一點，我的愛情遲到了！」

然後我就看到妳，低著頭走過來，臉很紅。

我衝上前，溫柔的抱住妳，而妳沒有說話，把整個頭埋進我懷裡。

附上一張在象山的合影，我們的第一張合影。

**【第二篇　和喜歡的人一起旅行吧】**

這是我們第一次旅行，老實說，好久沒有這麼期待一趟旅行了。雖然都是平凡無奇的地方，但是第一次和喜歡的人去，好像回到小時候，要去遠足，興奮到前一晚都睡不著。

旅行是愛情的試金石，我們會看見對方最真實狼狽的一面……
肚子的肉藏不住啦……沒打扮的樣子都被看光啦……
然而，看著妳打呼、說夢話，我卻被萌到了……
看見妳被我捉弄，害臊得大叫，卻被妳電到了，實在太可愛……
一路上走走停停，時而看海，時而凝望妳。
我常常忍不住想牽起妳，鬥嘴鬧鬧妳。
喜歡和妳互相理解，相互依偎。
我們發呆、看著平凡的景色，但和對的人在一起，虛度的時光，也不算浪費。

**【第三篇　即使辛苦，我也想和妳在一起】**

這天，我們並肩走在鐵軌上，在山裡的濃霧裡，世界安靜的像我們被遺忘一樣，幸好我們還年輕，有大把時間相愛，即使經歷風風雨雨，我也想愛著妳。

旅行的最後一天，海浪好大，海水一直漲，誤闖危險區域的我們，走在即將被淹沒的海岸上，無路可退，像是世界末日般。我卻在想，如果要說最後一句話，只想告訴妳，寶貝啊，我真的好愛妳。

**【第四篇 磨合讓我們變成更好的人】**

寶貝，祝妳生日快樂，原來喜歡一個人，會好想跟對方的家人朋友，都成為朋友，會這麼在意自己的表現。會把對方身邊的人事物，都考慮到人生裡。

在一起好久了，我們喜歡賴著對方，也時常吵架，磨合讓我們變成更好的人。

日子平淡、普通，我們住在一起，有簡單的日常。

珊，妳不需在我面前刻意讓自己狀態很好、心情很好，妳只要做最真實的妳。

**在這一切安好的時光，和妳一起慢慢變老，就是我想要的時光。**

……

那一筆一畫，都是你曾付出的真心，
只不過在漫漫時光裡，我們走散了。
我們怎麼分開的？為什麼故事沒被說完？

我將卡片收好，這些便是我想一生珍藏的回憶呀……
生命的盡頭，我的意識，一定會帶我回去與你相遇的地方……
我會記得搭上那輛相遇的列車，吃下你的義美泡芙……
我們相伴的點滴，只要還能惦念，心中總有無盡的溫暖。

謝謝邵志偉。
與你相伴的時光，也是我最幸福的時光。

因為心中有了你給我的力量，
即使此生遭遇漫長而無盡的流浪，
我也擁有了，心能棲息的地方。

無論去了哪裡，
我都是我自己的家。

原來分開，是為了讓彼此
成為更好的自己、有更好的相遇

你傳來一張照片。

我實在忍不住了，點開。

……

你和一面石牆的合照，牆上是我當年塗鴉的愛心。

愛心上，寫著wei63。

語音訊息：「妳說過，只要我找到這顆愛心，妳就跟我在一起。」

你見我已讀。

「還算數嗎？」你說。

「你在哪？」我問。心裡動搖著，那些幸福的過去，是我的軟肋，只要一想起，總會陷進去，那些年，我有無限的耐心可以等你，那些年，我們的未來也是無限。我想我必須向你說清楚……

「在愛心。」你說。

「我過去。」

**我該好好面對自己真實的心意，我還在乎你。**

愛心旁。

四周空無一人，靜靜的夜裡，彷彿回到那年……

第一次接吻的那年，我們都好想念的那年……

「妳過得好嗎？真心的，妳過得好嗎？」

邵志偉再問了一次。而我強忍淚水。我知道，我感受得到，你真心想知道我過得好不好。這些年，你都有惦記著我，我都明白的……你有你辛苦的路，你也不願意看見我狼狽，你也深知對我有好多虧欠……

**「再次見到你以前，其實都還不錯。」**

我沒說謊。離開你以後，我確實過得不錯。

沒有你，很好。我已經找回自己的人生，更好的體態、更自在的生活，凡事只為自己，不為他人，將金錢都用於愛惜自己，將時間用於提昇自己，我從未如此珍惜過時光。

**離開你，那是屬於我的重生啊……**

三十三歲那年，你丟下了我。我還曾天真以為，我會將餘生與你相伴，將傾盡所能，把我能給予的溫柔，都留給你。謝謝你讓我明白，那些年的守候和無盡的包容，終究是錯付了。

當年，在原以為要結婚的年紀，一瞬間被打回原形，我重新思考人生活著究竟圖個什麼意義？生孩子是意義？找個相伴一生的人是意義？將自己託付給誰是意義？都不是。

「見到我，不好嗎？」你問。

我猶豫許久說：「嗯，不會說不好，只是心裡又再一次的不太平靜，我也還在體會……」

「小偉，我是很謝謝你的。」我含淚而笑。

「謝什麼？謝我浪費了妳這麼多年啊？」你開玩笑。

「你帶給我的，是一種成長的美好，不只是教會我務實看待人生，學會理財、看合約等，**你更教會我付出愛的同時，能尊重對方人格的獨立性**。」我說。

「小偉記得小斑貓嗎？我常常覺得貓帶給我的感受，跟你很像。牠開心時，過來蹭蹭我，讓我感到幸福，但我需要牠的溫暖時，牠並不一定會如預期的出現；我為牠付出，牠也不一定會給我等值的回報。因此我也經常感到孤單。

但我還是持續付出愛給小斑貓。尊重著貓需要的距離，正如我尊重著你帶給我的距離。我尊重小斑的獨立，也尊重著你的獨特性、你給的距離。**不必有回應我的壓力，甘心付出是我的事；幸福是我的事，孤單也是我的事**。大概就是這種感覺吧！」

小偉回話：「我們都變得更成熟了，更能體諒彼此了，我們都已經成為更好的人……那我們……是不是……可以……」小偉還沒說完，我阻止了他。

我說：「但人不是貓。」

**「我要愛的是一個能回應我的人。」**

你靜靜聽我說。

「我狀態好的時候，我可以付出很多的愛，但我也有辛苦的時候，我狀態不好的時候，我也會需要愛。可是為什麼？當我需要你的時候，我總得告訴自己要更成熟、要更獨立、要替你著想，要體貼你的情況？我一直在幫你找理由。

**在這段關係裡，我一直抓著那些曾經剎那出現過的幸福，坦白說，我真的好幸福，但更多的是孤單。**

你是一個來來去去的人、漂泊不定的人，你嚮往自由，你四海為家，而我的心在你身上，你在哪，哪裡就是我的家。這是我們從根本上就不對等的問題。

我不是邵爸，我不會用餘生去守候你、等你回家。

我有我的幸福要去追尋。

我不夠大愛，我的格局就是窄，我世俗的想被疼、被愛、被執著，而不是愛著一個總要我花心思去包容與成全的對象。在這段關係裡，我很努力的尊重你，你要的距離、你要的空間、你人格的獨特性。我一直在等待幸福會來，或曾有的幸福能再現，但等待是孤單的，愛我的人，又怎麼會讓我如此孤單？」

「妳是一個很值得我愛的人，我都知道……」小偉說。

「我很成熟，我很值得你愛。我很體貼，很懂事，很適合你……」

「對。」

「但你沒有發現，你看一個人有多成熟，就該知道她曾經有多辛苦……」我真的愛得好辛苦……

小偉伸手摸著我的頭，像在安撫我。

「我明白，以前跟我在一起，妳不快樂、妳不幸福，妳總是為我犧牲好多，妳想要的深度陪伴、體貼、不孤單，我都沒有給妳。」

「珊，事過境遷，我們有了各自的成長，傷心的事都熬過了，我們可以再試試看。妳願意嗎？」

小偉敞開雙臂，要我走進他的懷抱。

那個懷抱曾是那樣溫暖，我也好想念……

我只要前進一步，輕輕一小步……

只要輕輕一步，那思念已久的懷抱，我能再次擁有……

輕輕踏出一步，我能再次被呵護、被擁抱……

**「我都熬過了，但我不想再愛那個讓我煎熬的人了。」**

我說完了。

我的答案如此。

夜裡的空氣寂靜了許久。

我們凝望彼此雙眼，像是可以望穿從前……

那如夢似幻的從前，我們青春無限的從前……

浪費不完的時光，拚命衝刺也從不喊累的時光……

結束了。

都結束了。

真正的結束了。

「妳會怨恨我嗎……？」小偉沉重的問。

我沉澱了一會兒。怨恨？我竟突然想不起一點怨恨了。

我釋懷的笑著說：

**「你雖然不是一個最理想的好男友，**

**但跟你在一起的日子，我真的好幸福。」**

「記得嗎？每當看見你，我總是熱情向你靠近，當你的跟屁蟲，我喜歡看著你工作，喜歡陪伴你成長，喜歡那年暖暖山風、喜歡鹹鹹的海、喜歡你吹過海風後鹹鹹的臉頰。我們一起見過的風景，每當想起，總在記憶裡閃閃發光……我很快樂，真的很快樂。」

「謝謝妳。」

「我幸福過。」我含著淚說。

「我也幸福過。」小偉也笑中帶淚。

殘酷是時光，溫柔的也是時光
它讓那些離去的人，終究還是沒關係了

日子好長，我們會遇見許多人，有些人遇見了，心會跳動，而珍惜相伴的時光，但許多考量後，選擇當朋友。也有些人，我們愛過，最終敵不過時間。

我們悄悄占據彼此心中重要的位置，各自有了一席之地；一天一天，有了幸福的回憶，我想用力記住每一個與你相伴的片刻。

午後的操場，陽光穿透你的雙眸，我們漫無目的說話，懶洋洋的席地而坐，冰涼的礦泉水、濕一半的短衫、發光的眼神……

每當想起，若還能想起，意識便能穿越時光，回到那年，那個傍晚五點半，揉揉你的頭髮，我們都燦爛的笑了。

只不過，餘生漫漫，你選擇了棄權。

我們明明緊握著，為什麼時光卻殘酷的帶走了許多事？帶走了新鮮感、帶走了曾經的熱絡，我們不再對彼此好奇，連許多開心的小事，都在時光的悠長裡，漸漸被遺忘。

曾牢牢抓緊的，隨時間淡去，

曾珍惜的，都安靜的疏離了。

還記得嗎？

那時的我們，見面總帶著笑容，日夜惦記彼此，想到日子有對方，就雀躍不已；心裡有對方，因此再冰冷的日子，都有暖陽。倘若一天沒碰面，心裡竟突然空蕩蕩……

後來，鏽了的記憶裡，我不再執著許多事情。

一輩子啊，真會遇見好多閃閃發亮的人，走進我們的生命，帶來好多美好的回憶，我永遠記得那個夏天，便利商店裡徹夜未眠，那個海浪閃爍月光的深夜，午後的陽光曬在你臉龐，暖暖的空氣、燦爛的笑容，一切都好溫柔。

殘酷是時光，溫柔的也是時光，
它讓那些離去的人，終究還是沒關係了。

每當想起某段曾相伴卻逝去的情誼，
當我打開封存的記憶，
沉在盒子底的，總是你給我的快樂。

誰也敵不過時間，但餘生還長，我記下了每一個當下。那些被收藏心中的當下，每當再次想起，仍然閃閃發光的當下。

因此，我給了那些已失去的、正在失去的，或一邊擁有一邊失去的，都記下一行註解——**不想忘記的，就叫做永遠吧。**

**所有的錯過、失去、無法擁有的，都無所謂了；**
**因為記憶裡，那些逆著光的笑臉，我永遠記住了。**

……。

……。

……。

# 終　章

晚點遇見也可以。

願我們
相處不累
久處不厭

工作間的空檔，我們經常從彼此忙碌的行事曆中，捏出一些零碎的時光，相約附近的公園。抬頭，雲在陽光燦爛下緩緩移動，我們之間，洋溢著春日暖陽。

我的手機裡，仍然是和你一對的桌布，那隻戴著魷魚帽的水獺。

「我也沒換過，從不曾遺忘，和你一樣。」我說。

而你揚起嘴角，捏捏我的臉頰，像從前一樣。

「珊，妳這麼努力工作，比從前千百倍的努力，有想去的方向？」

「你明白的啊，我要的夢從來不大。」

你聽了哈哈笑著。你知道的，我曾說過，我要的夢想很小，不過是與你相伴終老，一輩子賴在你身旁。現在呢？我是否變了呢？我放手去努力、喜歡自己的生活，想看命運能帶我去哪、想好好體會它。

「小偉你變了許多，那些年你的頑固，現在漸漸變得柔軟。」

「妳也是啊，以前傻傻的珊珊，現在大家都靠妳吃飯，妳獨當一面了。」

我說：「我們都變了，卻也都沒變，你笑的樣子，這麼多年，真的一點沒變。一樣讓我感到很溫暖。」

「妳也是啊，像當年一樣，看見妳就能感受到溫暖。」

我說：「這輩子，你是我的唯一，只有你陪我去過那最初的地方。未來即使有了其他人，也無法取代你曾經的位置，那些和你經歷的時光，是我這輩子最珍惜的。」

「我是妳的唯一？那妳還不跟我在一起啊？」

是的，我們沒有在一起。

我說：「現在這樣，不好嗎？我挺自在的。因為沒有和你在一起，所以對你沒有要求，沒有加諸期待在你身上，沒有過多的情緒，沒有對你的束縛、沒給你壓力，這樣的我，你很喜歡對吧？用朋友的身分在你身邊，我很自在，你也自由。我們各自實踐自己的人生，偶爾可以安靜的陪伴。這樣挺好，挺好。」

「挺好，是挺好。但妳不屬於我，我想抱妳的時候，要拿什麼名目？」小偉哈哈笑著說。

我說：「我不知道未來會發生什麼事，我也想過一股勁衝向你，什麼都不在乎。但在一起就會永遠嗎？會不會……只是另外一趟對人生感到失望的開始？」

我們曾相擁而泣的敦南誠品書店歇業了。

一起散步的公園已經拆了。

記載相戀回憶的無名小站也關站了。

愛情發生的那輛列車，運輸量也漸漸被高鐵取代了。

曾經計較寫滿七十個字的簡訊，也被智慧型手機替代。

曾經的悲傷、爭執、遺憾……

曾經過不去的過去，如今都過去了。

我說：「現在，我很喜歡我自己，我只想好好珍惜從前，並繼續喜歡現在的自己。和你擁有的曾經，已經讓我好滿足、好欣慰。我現在很好，也喜歡我們的回憶很長。」

「妳知道，我很喜歡妳的，珊。」

「我知道，我也很喜歡你，小偉。」

「**妳只要願意牽起我，我們可以一起回到那個最初的地方。**」

我笑著收下你的表白，正如那些年，我幾次收下你對我口頭的愛，我都收下了，每一個你說愛我的瞬間，那些愛，那些口頭的承諾，都是「那個當下你的真心」。雖然稍縱即逝，但這就是你，飄忽不定，始終如一。

**看透了你的原貌，我是你這輩子，最理解你的人呢。**

我說：「你知道嗎？我很開心你回來找我。當我見到你時，能坦然，笑著釋懷了從前的一切，這才是真正的分手，也才是我人生真正的開始。我們回不去那個最初的地方了，但我會永遠記得，是你陪我走過那最初的地方。」

**我收下了你的告白，卻也婉拒了你的告白。**

小偉卻笑著，說著：

「既然回不去，那我們一起走到生命的終點，可好？」

我說：「生命的終點，如何結局並非最重要的，怎麼死的並不重要，重要的是過程經歷什麼、體會什麼、你如何去收穫。當生命結束，所有事物都已雲煙，還在身邊的、不在身邊的，都帶不走，你能帶走的只有意識，所謂意識，是我們珍藏的回憶。因此，為了豐富生命，我想去看見更寬廣的風景，我想這麼過人生。這些，是你和邵爸，你們倆教會我的，最重要的事情。」

小偉不放棄：「時光一直流逝，什麼都抓不住，至少我們抓住彼此吧！珊珊。」

「我得好好想想。」

我說：「我正在擁抱各種可能，還在探索什麼才是我要的人生？現在的我一邊努力，也一邊依順著命運，體會生命中相遇的每一段關係。路還長，我想擁抱未知的將來，去積攢故事，去感受，去歷練。」

說著說著，我把雙手敞開，迎接無限燦爛的暖陽，
春光乍現，人生還有一半呀，未來，還長。

**日子只會越活越少。**
**餘生裡，我想成為一個什麼樣的人？**
**有什麼樣的人生呢？**
**是一個苦苦等愛的人？**
**或一個熱情實踐自我的人？**

要將命運掌控在戀愛對象手中呢？
還是將選擇權自己掌握呢？
要讓情緒被他人把控呢？
還是學會自己安定身心呢？
答案非常明確。

「我們現在沒有在一起，但我們像家人一樣。」你說。

你語氣中強調著「現在」，暗示著「未來會在一起」的可能性。我都感受得到，於是我說，現在很好，互相關心，經常陪伴，一切是如此從容不迫。

**愛情真的會讓視野變狹窄，窄到剩下彼此。**
**離開愛情以後，我發現世界好開闊，**

**有事業、有興趣、有更好的未來要追尋，**
**有夥伴、有摯友、有需要幫助的朋友們。**

**生活沒有倒塌。**
**心裡雖空了一大塊，**
**但終於開始有了一些幸福感被裝了進來。**

我發自內心的笑著，眼前小偉卻語重心長：

「如果妳我，都完成了各自的流浪，我們會不會再次愛上？」

我揚起嘴角，想了很久，答案早已放在心中。

我喜歡的就是你，

但，我在等你改變，等你長大了再說。

我要的是穩定關係，但你身上並沒有。

我喜歡你身上的各種特質，

但你身上並不存在「穩定的元素」。

我更清楚我要的是什麼。

# 餘生是你，晚點沒關係

我說：「我不知道未來會不會再和你在一起。但我很愛你喔，仍然很愛，那份愛不曾改變。」而小偉嚴肅而疑惑的看著我：「妳確定還愛嗎？妳變了吧，要是換作以前的妳，妳才不會退縮。」

「是你教我的。」我說。

你問我什麼意思？

我解釋：「這些全是你教會我的，包括獨立與自由。你讓我懂得：

**兩個人相伴一輩子，專一的感情，是很美好的；**

**但活著的意義，不一定只有兩人相伴到老，**

**而是我們是否都能看見更寬廣的人生。」**

你回應：「是啊，妳被我的人生觀滲透了。而我的人生觀，如今也融合了妳的人生觀。我想跟妳走一輩子，也想跟妳一起看見更寬廣的風景。」漫漫時光啊……終究是把我們，真正變成我們。

我說：「路還長，還有好多的可能。」

「那我們呢？」你問。

「我們？」

「還有什麼可能？」你再問。

蒼蒼白雲緩速飄過，我呼吸一口陽光曬過的空氣，從容的呼氣，我說：「**生命好遼闊，世界好寬廣，我倒想看看，命運會帶給我什麼樣的可能**。」

你說很有趣：

「我們活到三十幾歲，卻有將近二分之一的時間，都花在彼此身上了。」我說對啊，**看似時間很長，看似差一點就要一輩子了。可是當一輩子真走完，回頭看這貌似很巨大的篇幅，也就只是生命裡的渺小的幾分之幾而已**。

你誠懇的告訴我：「妳是我這輩子第一次真正去愛的人。」

我也真心的回覆你：「你也是我這輩子，唯一一個愛過的人。」

**而我沒說的，是「不只曾經」，未來，你也是我依然深愛的人。**

只不過呢，我太理解你了。要是將一切說得太白、有了承諾的枷鎖、確定了關係便有了壓力，你會如從前般感到束縛……

於是我悄悄做了對「這段關係的延續」最好的處置，

也是我能感到平衡的處置

——暫時以朋友的形式陪伴在你身邊。

因為我們是朋友，我不會對你有過多要求。

因為是朋友，我沒有過多的情緒、沒有太多的依賴。

因為是朋友，我愛自己多一些，你承受的少一些。

因為是朋友，我也少了些執著，而能看見更寬闊的未來。

因為是朋友，讓你能慢慢去體會承諾的重量可以換來什麼。
因為是朋友，教你理解，此刻沒有承諾，你無法擁有什麼。
因為是朋友，對現階段的你我，都好。

你唯一不變之處，是你的善變，而我愛你不變，是我對你的處方籤。以不變應萬變，這一切是我的策略，但我不會告訴你。
我不委屈。
但我若將此策略說出，你肯定認為我委屈，你的壓力將再次萌生。
以朋友的形式，我很好。
是你讓我知道，你以外的世界，是如此寬廣！

我在乎你，所以我多花了一些力氣來在乎自己。
我在乎你，但我表現得不那麼在乎。
我在乎你，因此我不讓你感受到關係確定的壓力。
我在乎你，我明白承諾的重量會令你想逃。

我在乎你，於是決定繼續陪伴你處理你的人生課題、陪你成長。以朋友的形式相伴，正是屬於我們的晴空萬里。

**如此，相處不累，久處不厭。**

「我的新書要出版了喔。」我說。

「哪一本？」你問。

「就那一本。當年分手那天，你說要我把我們的故事寫成書。」

「《餘生是你，晚點沒關係》書名出自於你寫給我的第一張卡片，上面你寫了一段話，你記得嗎？你對我說……」

我的話沒說完。

你說：「當然記得，我寫了……」

——**「如果是妳，晚點遇見也可以。」**

我們異口同聲，我們都記得。

「我會一直記得喔，邵志偉，你說過要和我一起慢慢變老。」

我們談笑從前，暖暖笑著，我們的眼睛都瞇成一條線，
你的逐漸成熟，我的泰然自若，
從前的壞事漸漸釋懷，悲傷煙消雲散。
心中湧起暖流，單純與美好，我們都牢記著。
我們沒有在一起，但心卻很靠近，真正的靠近。

我想啊……
不被愛情所困的日子，是如此開闊，
而你再次出現了，我也會坦然接納你。

我曾在愛裡跌倒了，卻沒被悲傷困住，
現在啊，一個人很好，兩個人也好，
生命裡遭遇的一切都好。

是你，很好。
若不是你，也很好。

在一起？不在一起？都不重要了。
我的日子很好，你也很好，那才是最重要的。

天空萬里無雲。
我們正要翱翔的人生啊，晴 空 萬 里。

# 真實故事改編

7:32分，LOVE離艙前，我還是等不到你
「欸你在哪？」
「快一點，我的愛情遲到了！」
然後我就看到你，低著頭走過來，臉很紅
最後我只溫柔抱住你，而你沒有說話
把整個頭埋進我的懷裡。

原來有一天，你會遇到一個人
笨拙的想把全部的溫柔都給你

原來喜歡一個人，你會連他的家人、朋友
都考慮到你的人生裡

有人說旅行是愛情的試
金石，因為血淋淋的你
會看到對方最狼狽的一面。
肚子的腰間肉藏不住啦
背後的痘痘躲不住啦
但看著他打呼說夢話，還是被萌到了
看他在火鍋店前、崖石山大叫，還是被电
到了，實在太、可、愛、

我想最美的愛情就是
和你一起慢慢變老

第一篇　我的愛情遲到了

「我想如果是你，晚一點遇見也可以。」

不知道無限循環播放了紅色
高根鞋第幾次，真的沒辦法
心跳還是跳得好快，到底
為什麼啊？都28歲了，搞得
好像第一次談戀愛一樣

看了一下時間，7:28分
趕快來不及了，天！今天怎麼這麼多尿…
上完第二次廁所後，我跑得衝上廣場

7:30，101大樓下，我找不到你
我大概在腦裡排練了一百
次，我要衝上去把你整個
抱緊，再舉起來，嗯！這
樣抱你應該最合適

謹以此書，紀念、告別。

# 後記

讀者，你好，我是山料，謝謝你讀完了我的第三部小說作品。說是小說，更是一本改編自真人真事的「失戀自白書」。

時光匆匆，關係來來去去，記憶一直在淡去……總要記下些什麼，作為對失去的抵抗，才不至於遺失什麼。這本小說，便是對時光與回憶的抗爭吧！

小偉帶給劉珊的改變，讓她從一個怕被拋棄、情緒勒索、執念好深的小孩子，長成一個尊重他人、包容異己、能愛惜自己的大人。劉珊帶給小偉的改變，讓他從一個自我中心、目中無人的自私狂，轉變成「願意嘗試信任他人」，且更認識自己要什麼的成熟大人。

一段關係最動人的，不只是相伴到死的那一刻；
更珍貴的，是過程中帶給彼此的成長與改變，
那些人格上的轉變，才是對方留給我們一生銘記的紀念品。
願意花大把時間，陪你長大的人，最可貴。

餘生是你，晚點沒關係。
因為我有和你走一輩子的打算，
也尊重你有不需要我的時刻。
不牽絆，正是我給你的，最好的愛。

我們相依為一體，也同時是獨立個體。
這便是伴侶間的最高級：各自發展，心卻不曾分離。

感情這堂課，你受越多傷，能懂得越透徹；
但越成熟、經驗越豐富者，都不一定能真正幸福。
「能力高低」和「幸福與否」，並非成正比。
我見過許多伴侶，傻傻愛著，一生無風無雨；
也見過許多溫柔到底、負責到底的人們，卻不一定幸福到底。
全是命。
而我們只能順應命運，去體會每一刻當下。

我一直有個信念——愛你的人正在路上。
你在繞路，他也在繞路，你們可能曾經錯過，也可能未曾相遇，
在臨死那一刻，一切才真正定論。

人生路途中啊，你會遇見「讓你好想共度一生的人」，
但他很有可能，會讓你懂得……
一生中，能陪你最久的人，還是只有你自己。

愛情這件事，若你能克服「生孩子」的生理因素，其餘就不急。任何經濟獨立者，都不必著急，已經花光大半輩子等待那個對的人，再多等一些又如何呢？若這輩子，最終能與誰共度最後的二十年，也就夠了。或你曾與誰浪費了二十年，也算不錯了。你擁有過了。

**餘生還好長，我相信溫柔的事還會發生；**
**餘生也好短，執著於過去的事真划不來。**

**來日方長，餘生若是你，晚點沒關係；**
**時日不多，我也得先去看盡天涯。**

祝福讀完這本書的人，遇見能牽著你的手，陪你慢慢變老的人。
謝謝讀者，很開心我的日常裡，總有你們在社群上陪伴我，
也期待下一本書，再次與你們相遇！

餘生是你
晚點沒關係

國家圖書館出版品預行編目資料

餘生是你 晚點沒關係 / 黃山料作 . -- 初版 . --
臺北市：三采文化股份有限公司，2022.12
面； 公分 . -- ( 愛寫 )
ISBN 978-957-658-979-9( 平裝 )

863.57 111017222

suncolor 三采文化集團

愛寫 57

# 餘生是你 晚點沒關係

作者｜ 黃山料
編輯四部總編輯｜王曉雯　主編｜黃迺淳　視覺指導、封面題字｜黃山料
美術主編｜藍秀婷　封面設計｜高郁雯　版型設計｜方曉君
專案協理｜張育珊　行銷副理｜周傳雅
內頁編排｜陳佩君　校對｜周貝桂

特別感謝：
封面拍攝｜黃山料、陳彥霖
工作人員｜白盛弘、鍾裕琪、陳劭睿、柴犬、于唐、水連、Vicky

發行人｜ 張輝明　總編輯長｜ 曾雅青　發行所｜ 三采文化股份有限公司
地址｜ 台北市內湖區瑞光路 513 巷 33 號 8 樓
傳訊｜ TEL:8797-1234　FAX:8797-1688　網址｜ www.suncolor.com.tw
郵政劃撥｜ 帳號：14319060　戶名：三采文化股份有限公司
初版發行｜ 2022 年 12 月 30 日　定價｜ NT$400
11 刷｜ 2024 年 4 月 15 日